Hervé COMBIER

L'Année
du
Phacochère

La fraternité est un sentiment que le temps n'efface pas. L'argent est un vice qui n'a aucune patrie. Deux frères vont en faire l'amère expérience ».

Hervé COMBIER

Arnaud, Pierre Fields

Le 28 décembre 2009, Chalon-sur-Saône

9 h : La pluie ne cessait de tomber, une pluie fine et cinglante.

Quand soudain, le glas retentit. La pluie redoublait.

Je m'approchais lentement de lui. Il était là, allongé entre quatre planches de sapin, le chêne devait être trop cher. L'occasion aurait nécessité un bois bien plus noble. Il l'aurait autrefois exigé.

Cela faisait plusieurs années que nous ne nous étions pas parlé et pourtant, du coin de mon œil germa une larme que je ne pus empêcher de couler. Elle venait me rappeler tendrement que nous étions de la même famille, du même sang. Au fond, ce qui nous avait éloignés, c'était juste une question de milieu.

Autour, très peu de fleurs, très peu de plaques. Il n'y avait pas foule.

Très peu de têtes connues, des amis il n'en avait plus.

Ce fut par cette journée noire que je retrouvais ma famille.

Ce fut par cette journée sombre que notre famille diminuait en nombre.

Ce fut par cette journée amère que j'avais perdu mon frère.

Ce fut par cette journée amère que l'on m'avait volé mon frère aîné.

Je me tenais en retrait. Mon père, ma mère, deux ou trois mètres à ma droite, le regard perdu dans le vide, le visage fermé.

Je m'avançai vers lui lentement, une rose rouge à la main que je déposai délicatement en coin. Je plongeai l'autre dans ma poche puis la ressortis. Je tendis le bras et ouvris ma main lentement. En son centre, trônait une petite boîte en porcelaine. A l'aide d'un doigt, je basculai son couvercle pour l'ouvrir. Je gonflai mes joues et soufflai dessus pour disperser les cendres qu'elles contenaient.

En me retournant, mon regard croisa celui de ma mère en larmes. Ces larmes, je les aurais volontiers partagées mais il y a des mots, qui même avec le temps, restent difficiles à pardonner. D'un pas hésitant, je décidai pourtant de l'approcher et de saisir la main qu'elle me tendait. J'avais tout de même un cœur, une douleur à partager, une famille endeuillée.

C'était le destin incroyable d'un homme que ma famille m'a, par la suite, rapporté.

C'était la fin tragique d'un homme que je vais vous raconter.

C'était celle de mon frère.

C'était celle d'un passé que je voulais garder derrière moi. Oublié.

Le 5 octobre 1981, Chalon-sur-Saône

Je connaissais cette date par cœur, c'était la veille de mon anniversaire.

Dehors il faisait un temps superbe. D'ailleurs, nous avions eu du mal à nous lever. Seuls les rayons du soleil qui balayaient notre petite chambre située au deuxième étage de la maison avaient réussi à nous sortir des bras de Morphée.

La journée s'annonçait belle. Une voix résonna soudainement, comme chaque matin. C'était celle de maman qui nous appelait pour le petit déjeuner. L'odeur du pain grillé enivrait toute la maison. C'était un vrai régal pour le nez. La confiture d'abricot, de fraise et mon péché mignon, le Nutella dont nous aimions tous deux nous goinfrer, trônaient en bonne place sur la table. Maman savait pourtant que le Nutella n'était pas très bon pour la santé mais elle dérogeait volontiers à la règle pour notre plus grand plaisir.

De l'énergie, il nous en fallait pour nous rendre à l'école.

Solidement ancré sur la chaise, je bus un grand bol de lait au chocolat accompagné de tartine abondamment badigeonnée, selon mon humeur, de confiture d'abricot ou de fraise et de Nutella bien évidemment. Certes, le produit était sur le papier catalogué comme mauvais mais mon palais s'en fichait. Il s'en accommodait parfaitement.

Ce qui m'importait, c'était de sentir cette pâte solide se transformer en liquide et s'écouler lentement le long des parois de ma bouche jusqu'au fond de ma gorge et sentir son parfum lentement s'échapper jusqu'à mon nez. C'était un jeu auquel j'aimais me livrer chaque matin. Mon deuxième jeu consistait à étaler la confiture sur ma tartine à ras bord. Dans ce domaine, j'en connaissais un rayon. Maman aussi à force de me disputer en voyant la tartine remplie à ras bord d'une fraise étincelante, lentement dégouliner sur le carrelage fraîchement lavé la veille. Seulement, j'avais tendance à confondre entre manger et se goinfrer. Je me situais plutôt dans la deuxième catégorie. On m'appelait souvent le glouton de service, non pas en référence au personnage Pacman qui, certes, est un personnage éminemment sympathique de jeu vidéo qui a marqué son temps, mais par ma façon maladroite de croquer à pleines dents dans cette tartine tentatrice qui souvent finissait sa course sur ma chemise ou mon pantalon. Cela avait le don d'agacer une nouvelle fois notre maman.

Et oui, schtroumpf maladroit c'était bien moi, reconnaissable entre deux.

De son côté, Arnaud était un brin plus conventionnel, dirions-nous. Il était plutôt pétales de blé et de maïs soufflé. Il avait lu dans une de ses nombreuses revues scientifiques que les céréales riches en fibres avaient un meilleur apport énergétique et que contrairement au Nutella, elles ne contenaient pas d'édulcorant, de graisses saturées, d'huile de palme et autres pesticides néfastes pour la santé.

Il n'oubliait pas non plus de soigneusement rentrer la serviette dans son col de chemise pour éviter de subir mon genre de mésaventure. C'était sans doute son côté carré, comme j'aimais à le taquiner, qui ressortait. Nous riions souvent au matin pendant le petit déjeuner. Cela empiétait inévitablement sur l'heure du départ. Il arrivait parfois à Arnaud de ne pas parler. J'avais l'impression qu'il était ailleurs, dans sa bulle, dans son monde, sans doute un monde rempli de lectures plus scientifiques les unes que les autres.

L'heure du départ tant redoutée était arrivée. Maman, qui prenait le travail quasiment en même temps que nous, après s'être apprêtée comme d'habitude en quatrième vitesse, nous fit enfiler vite fait bien fait veste, chaussures et nous pressa en direction de la voiture. En avant toute.

Tous les matins, c'était le même rituel, elle nous déposait au portail de l'école après une bise chaleureuse sur chaque joue et nous répétait de bien travailler et d'être sage en classe. Elle savait que j'étais le plus turbulent des deux et qu'en me fixant, son regard insistant :« Surtout toi ».

Je ne cache pas que l'école n'était pas ma tasse de thé, mais j'appréciais cependant y aller pour me retrouver entre copains, bien qu'Arnaud et moi étions au fond assez fusionnels. Il était l'aîné et savait me le rappeler. J'adorais cependant son côté protecteur, sa bienveillance qu'il savait me faire partager. Il n'en demeurait pas moins un poil étouffant parfois.

Il n'était certes pas très bavard mais qu'importe, le silence a des vertus que la parole ne saurait traduire. La bienveillance n'est pas affaire de mots mais plutôt d'actes.

En classe, j'avais la fâcheuse habitude de finir à chaque cours au fond. N'allez pas me demander pourquoi, je vous répondrais certainement que c'était la faute à pas de chance. Ah, pas de chance, il avait bon dos, celui-là, c'était mon meilleur copain, mon meilleur ami, mon meilleur alibi. A force d'en abuser, la maîtresse avait vite compris mon petit manège et le fond de la classe se transformait rapidement en coin, voire en heure de colle, ce qui ne manquait pas de susciter les ricanements de mes petits camarades. Mais bon, je n'allais pas leur en tenir rigueur. Pour le coup, c'était bien moi le seul fautif de toutes ces âneries, de toutes ces gamineries qui me menaient là où j'en étais.

Bien souvent, je me persuadais qu'au fond, j'étais un incompris. Pendant que mes camarades luttaient en vain avec leur crayon de papier pour dessiner, leur stylo pour rédiger quelques lignes soigneusement dictées par la maîtresse, moi j'avais la tête dans les nuages. Je m'imaginais en train de conduire une voiture, un gros engin de chantier. Cela m'apparaissait comme bien plus intéressant. Je ne voyais aucun intérêt à me casser la tête à savoir calculer… du moins c'est à l'époque ce que je croyais.

L'avenir allait pourtant me démontrer tout le contraire. Qu'il valait mieux avoir de solides bases en mathématiques pour être armé dans le monde d'aujourd'hui.

De son côté, Arnaud s'exerçait aux équations, il adorait ça, résoudre des problèmes à plusieurs inconnues. Ce qui l'intéressait, c'était avant tout de mélanger les chiffres, poser une équation et savoir la résoudre le plus vite possible pour montrer sa dextérité. On sentait déjà chez lui cette faculté d'apprendre, cette volonté de toujours se dépasser, cette soif de se classer parmi les meilleurs. D'ailleurs, cette année-là, son travail fut récompensé par un joli prix de premier de la classe qui ne manqua pas d'éveiller une certaine fierté de la part des parents et beaucoup de jalousie de la part du reste de la classe. Fierté que je considérais comme amplement justifiée.

De mon côté, fidèle à moi-même, je terminai l'année dans le peloton non pas de tête mais du milieu. Pour moi, ça ne me semblait déjà pas si mal. Faire le zozo et être au milieu, c'était déjà une véritable prouesse. Je me serais bien vu avec une médaille en chocolat mais je ne savais pas pourquoi, nos parents le voyaient d'un tout autre œil. Plutôt flémingite aiguë, limite foutage de gueule, il faut dire que le carnet de notes et les innombrables annotations laissées dans le carnet de liaison sur mon comportement en classe ne plaidaient pas en ma faveur. Je préférais cultiver mon côté comédien qui m'aidait à me dépêtrer de bien des situations considérées comme désespérées. Mon sourire enjôleur finissait par calmer le courroux de nos parents ou de la maîtresse. C'était là ma force, savoir jauger, comprendre les gens par leurs comportements, par leurs sentiments. Il faut croire que là-haut, on m'avait donné un don d'hypersensibilité que j'avais appris avec le temps à maîtriser et à en jouer, parfois abuser. J'étais certes un enfant turbulent mais surdoué, ce qui, au premier abord, ne sautait pas aux yeux. Néanmoins, cela pouvait s'apparenter tout comme Arnaud à une forme d'intelligence.

La journée se terminait, une journée comme toutes les autres, rythmée par quelques péripéties dans la cour de la récré, une dispute dont j'avais eu la mauvaise idée de me mêler. Fort heureusement, voyant la scène, mon frère s'était interposé pour me protéger.

Parfois, j'aurais préféré qu'il m'abandonne à mon triste sort mais c'était plus fort que lui. On ne se refait pas. Au fond, j'y trouvais mon compte, l'autre se prenait une bonne volée, moi caché derrière lui bien à l'abri. Que voulez-vous, c'était mon grand frère. A vrai dire, ça me changeait de la routine.

Comme j'avais l'habitude de dire, ça met du piment à la vie. Mon frère me répétait qu'à force de manger trop de piment, je finirais par me brûler la gorge. J'avoue que l'image, après coup, était bien trouvée. Quand je m'en prenais une, ça brûlait lorsqu'il fallait mettre de l'alcool. Je pouvais même dire que le 90 de l'alcool, je le sentais piquer sur la plaie encore toute chaude.

Et pendant toute notre scolarité disons primaire, nous étions inséparables comme les canaris ; pas en jaune mais lui habillé en rouge et moi en bleu. A nous deux, on aurait dit des supermans. Les super frères, jamais l'un sans l'autre, la fine équipe.

Le 5 septembre 1983, Chalon-sur-Saône

C'était la première rentrée où nous étions séparés. Moi en primaire à l'école Jean Moulin en CM1 et lui en 6ᵉ au collège de la Citadelle.

Les années s'enchaînèrent tout naturellement. Le temps passa. Arnaud franchit une à une les différentes classes. Fidèle à son cap, il restait plongé matin, midi et soir dans ses lectures plus instructives et complexes les unes que les autres, ce qui lui permit de passer haut la main de la sixième à la cinquième. Il décrocha d'ailleurs par la suite son BAC S sans aucune difficulté avec mention très bien. Parcours logique, il intégra une école préparatoire et obtint une licence de mathématique.

De mon côté, c'était bien plus laborieux, je payais là mes années de paresse et mon manque de sérieux.

Eh oui, la sixième, ce n'était plus la même histoire. Les tours de bluff ne suffisaient plus.

Le 23 juin 1992. Je limitai la casse en décrochant cependant un BAC L sans mention, mais un BAC quand même. J'avais transmis mon dossier à de nombreuses grandes écoles mais il revenait invariablement avec la même mention… « Nous avons le regret de vous annoncer que votre candidature, malgré son intérêt, n'a pas été retenue ». La formule de politesse, je la connaissais à force par cœur. Gâcher du papier pour inscrire une phrase aussi inutile et impersonnelle, toute droite sortie d'un fichier de publipostage Word, cela me navrait au plus haut point. Mais il fallait se rendre à l'évidence, je payais là mes années successives de laxisme. Et c'était, somme toute, un juste retour des choses. Je ne pouvais y voir là-dedans l'ombre d'une injustice. Par précaution, j'avais tout de même posté en parallèle un ou deux dossiers dans des lycées techniques et des IUT. Un matin, en l'absence de maman, je décachetai la lettre fraîchement déposée par la factrice. La lettre portait le cachet du lycée technique Nicéphore Nièpce. A la lecture, je ne fis pas de bonds de joie mais le soulagement pouvait se lire sur mon visage. Elle stipulait en caractères gras : « Nous avons l'honneur de vous indiquer que votre dossier de candidature a été retenu et nous vous faisons part de votre admission en première année de BTS Informatique ». En plus, le lycée se situait à proximité de notre domicile, ce qui simplifierait grandement les choses. Plus qu'un choix par défaut, j'avais lu que le secteur de l'informatique était porteur et que les chasseurs de têtes, comme on les surnommait dans la profession, proposaient des salaires plus qu'alléchants, même pour les débutants.

Cette lettre eut l'avantage de rassurer maman et papa. Ce n'était déjà pas si mal. Et comme pour Arnaud, une autre bouteille fut sabrée et c'était moi qui allais cette fois me coucher. Arnaud me félicita chaudement, mon grand frère savait qu'il n'était pas facile de se faire une place dans son ombre.

Pour une fois, il n'était plus le centre de toutes les attentions. Il avait un court instant abandonné ce fardeau que chacun s'était habitué à lui attribuer.

Arnaud Fields

Le 25 juin 1993, Strasbourg à l'ENA

Il était 7h du matin. Arnaud s'était réveillé bien avant maman. La nuit lui avait paru à la fois courte en sommeil et longue en angoisse. Comme à son habitude, maman lui prépara un bon bol de café rempli de céréales, qu'il, pour une fois, ne toucha presque pas. Il restait figé sur sa chaise, impassible, imperméable aux moindres remarques qu'on lui faisait. Son regard noir ne laissait transpirer aucun sentiment. Il était dans sa bulle... concentré. Il est vrai que ce concours revêtait un caractère particulier voire crucial. Il aimait à dire qu'il s'agissait sans aucun doute d'un tournant dans sa vie. Il aspirait depuis toujours à rejoindre l'élite de la nation.

Pour mettre toutes les chances de son côté, maman l'avait emmené la veille essayer et acheter un costume bleu marine du plus bel effet, avec de belles chaussures italiennes noires qui complétaient parfaitement l'ensemble. Pour me moquer, j'aimais à lui répéter : « Ça en jette ! » Il rigola, ce qui lui permit l'espace d'un instant de le détendre. C'était ma manière de contribuer modestement à sa réussite. Je lui glissai dans le creux de l'oreille un gros merde.

La route en direction de Strasbourg risquait d'être longue, entre 3 et 4 heures. Maman avait posé une journée de congé exprès pour l'emmener. L'épreuve débutait à 14 h 30. Au départ, elle avait envisagé d'y aller en train mais devant les importants retards enregistrés sur cette ligne les dernières semaines, elle avait préféré assurer le coup et l'accompagner en voiture en se laissant de la marge.

Le costume enfilé, Arnaud se dirigea vers la voiture que maman venait quelques minutes auparavant de démarrer et qui était tout doucement en train de chauffer. Tous deux à bord, maman se pencha pour saisir dans la boîte à gant la carte routière. Elle la déplia soigneusement, mémorisa les routes à emprunter puis la voiture démarra et entama le chemin qui les mènerait tout droit devant le bâtiment de l'ENA. Elle déposa Arnaud avec un gros pincement au cœur. Elle avait beau sous ses airs de mère parfois paraître sévère, elle n'en était pas moins une maman soucieuse du bonheur de son enfant. Le long du trajet, Arnaud avait parcouru quelques lignes de livres retraçant l'historique de L'ENA. L'ENA était autrefois située à Paris, 56 rue des Saints Pères. En 1991, sur décision ministérielle, elle fut déménagée 1 rue Sainte-Marguerite à Strasbourg, dans les bâtiments de la Commanderie Saint-Jean dont les constructions les plus anciennes datent du XVIᵉ siècle et situés à l'entrée du quartier pittoresque et central de la "Petite France". Lors d'une halte à mi-chemin, Arnaud avala une petite collation que maman lui avait préparé la veille par précaution. Elle était prévoyante et ne voulait pas que, par négligence, il tombe en hypoglycémie. Devant l'enseigne du bâtiment, il marqua un temps d'arrêt, prit une grosse inspiration, se remémora les nombreuses années de sacrifices durement consenties et franchit le seuil d'un pas décidé. Cette fois, il y était bien, plongé dans le grand bain de la haute société.

Il se redressa, se rendit à l'accueil. A l'intérieur, on pouvait admirer l'empreinte des illustres personnages que cette institution avait formés. Arnaud s'imaginait faire partie de ce décor, sa photo fermement accrochée sur les murs centenaires.

Un flot incessant de costumes cravates défilaient devant ses yeux en toute ignorance. Ils étaient tous plus beaux les uns que les autres et arboraient une mine qui inspirait un certain respect, une certaine prestance qui lui étaient pour le coup totalement étrangers. Quand une voix, soudain, le ramena brusquement à la réalité.

Entre temps, les portes de l'amphithéâtre où devait se dérouler la première épreuve s'étaient ouvertes et l'un des personnels de l'établissement était en train d'égrener un à un les noms des différents candidats. Quand il entendit le sien, il eut la chair de poule, un frisson lui parcourut le dos, cette fois il y était, c'était le moment pour lequel il avait tant attendu.

Il franchit le seuil de la porte, concentré comme jamais. Dans un coin de sa tête flottait secrètement un « vas-y c'est la chance de ta vie ».

Après que tous les candidats aient rejoint leurs places sur lesquelles étaient disposées un paquet de feuilles parfaitement blanches, une voix s'éleva du bas de la pièce, leur intimant solennellement de poser dans le placard situé dessous toutes leurs sacoches, sacs et autres affaires afin de ne conserver que les stylos mis à leur disposition sur la table. Histoire de mettre tout le monde sur le même pied d'égalité. N'est-ce pas là la devise de la république française : liberté égalité fraternité. Arnaud, pour l'instant, ne connaissait que le deuxième mot.

Puis, le silence s'installa, une personne passa dans chaque rangée distribuer les sujets. La cloche retentit, c'était l'heure… C'était l'heure pour mon frère Arnaud de prouver au monde entier, à toute cette assemblée, son talent.

Il empoigna son stylo fermement, ferma les yeux puis en les rouvrant, il eut l'impression d'être seul au monde, de jouir en toute impunité d'une force qui sortait de nulle part. Plus personne ne pourrait l'arrêter.

Il lut le sujet, intéressant à priori mais il ne sut ni comment ni pourquoi, sa main ne cessa d'écrire, le guidant vers la résolution d'un sujet qui lui parut si évident, si facile qu'il ne se rendit même pas compte qu'il avait fini bien avant les autres. Il était sorti le premier. Un murmure s'éleva dans l'amphithéâtre, traduisant un certain étonnement de la part des autres candidats, incrédules de voir une personne sortir si vite ce qui ne manquait pas de semer un certain trouble. Il n'était pas peu fier de contrarier ces esprits malins.

Lui d'ordinaire si tacite, si timide, parvenait pour la première fois à surprendre, susciter de l'interrogation, voire de l'intéressement. C'était en quelque sorte sa première victoire.

C'était aussi l'une des premières fois de sa vie où il avait l'impression d'être à sa place, d'avoir l'impression d'exister.

Il se retourna, la pendule indiquait 16 h 30. Il avait fini 30 min en avance. La première épreuve éliminatoire de l'écrit était terminée, accomplie comme une simple formalité. Son complexe du début s'était envolé comme par magie. Il se surprit même à profondément y croire. Il sortit tranquillement du bâtiment. La moitié du chemin, réussie ou pas, le sort en était jeté. Il ne pensait plus qu'à recevoir la lettre qui le qualifierait peut-être pour l'oral. Maman, pour tuer le temps, s'était baladée dans la ville à quelques pas de l'ENA. Elle avait garé la voiture sur un parking adjacent à l'école. Elle l'attendait juste sur le trottoir, l'air inquiet. Elle le fixa, il lui fit son plus beau sourire. Son visage s'illumina, elle avait compris que la première épreuve s'était somme toute relativement bien passée. Elle connaissait son enfant parfaitement.

Le 8 octobre 1993, Strasbourg

Quelques mois s'étaient écoulés. Arnaud avait reçu, entre temps, la lettre qui lui permettait de poursuivre son rêve et l'invitait à se rendre à la seconde épreuve : l'oral. Elle était fixée à 13 h 30. Par précaution, maman et Arnaud étaient partis plus tôt que la dernière fois. Maman avait décidé qu'ils se restaureraient à deux pas de l'ENA.

Ils se dirigèrent dans une rue située à quelques encablures de l'ENA, dans un petit restaurant que maman avait repéré la dernière fois en se promenant. Elle voulait absolument qu'Arnaud ne croise aucun autre candidat et qu'il se déconcentre dans des discussions interminables sans intérêt. Confortablement assis, Arnaud scruta la carte vite fait. Il demanda au serveur charmant, somme toute, de lui apporter un grand verre de jus d'orange frais et un steak frites rien de mieux pour faire le plein de vitamines C et cocktail protéiné. Le café en fin de repas passa comme une lettre à la poste et maintint les sens en éveil. La pause avait été rapide mais bénéfique. Il était 13 h 15. Arnaud devait penser à se rendre à la deuxième épreuve. Maman, d'un geste de la main, demanda l'addition et laissa un pourboire au serveur fort agréable. Il leur lança un : « Bonne chance ! » Avec l'habitude, il avait repéré qu'il était là pour concourir à l'ENA.

13 h 25. C'était l'heure de la deuxième épreuve, sans doute la plus redoutée, celle de l'oral. Il connaissait

désormais le chemin qui le menait aux portes de l'amphithéâtre qui lui avait permis précédemment d'accéder à l'écrit. Assis dans l'arrière salle, il observait sortir un à un les candidats aux fortunes diverses, certains le visage fermé, les yeux embués, la mine déconfite. Pour eux, nul ne doute que c'en était fini. D'autres, la mine réjouie, semblaient en bien meilleure posture, avec la tête du vainqueur. Quand soudain, il entendit son nom. Cette fois c'était à son tour de rentrer dans l'arène. Allait-il se faire manger tout cru ou bien triompher ? Il ne réfléchit pas longtemps et franchit la porte qui se referma derrière lui avec le même son glaçant que celle d'une prison. Il revit l'amphithéâtre d'une toute autre manière… d'en bas. D'ici, seul, tout paraissait petit mais le jury semblait si grand, tels des géants qu'il pouvait apercevoir, presque sentir le souffle chaud de leur haleine. Les jurés guettaient en silence le récit de son éloquence, la faille qui le ferait se planter lamentablement. Par moment, ils chuchotaient pour le faire virer de cap mais en bon capitaine, Arnaud tenait bon la barre. Son navire ne chavira jamais, naviguant sur les flots à une allure digne des plus grands gréements. Quand soudain, il entrevit le phare, la cloche retentit, il était arrivé à bon port. Ça, il ne le savait pas mais il était arrivé sans encombre. Et ce n'était déjà pas si mal. Combien étaient-ils à s'être fracassés sur ces gros rochers ?

Il déboutonna sa chemise, reprit son souffle et sortit sans se retourner. L'épreuve était terminée. Quelques gouttes perlèrent le long de son front, synonyme de l'intense tension qui avait régnée dans cette arène où tous les coups avaient été permis.

Au terme de cette journée bien chargée, limite parcours du combattant, il retrouvait maman dehors devant le bâtiment qui l'attendait comme la dernière fois, l'air inquiet. Il lui décocha à nouveau son plus beau sourire, elle le fixa tendrement et comprit. Elle l'accompagna à la voiture garée quelques rues plus loin et sans un mot, profita de ce silence pour introduire la cassette dans la fente de l'autoradio et sélectionner le nom du titre de sa musique favorite, *Higher and Higher*. Elle monta le son plus que d'habitude. C'était sa façon de lui faire confiance, son intime reconnaissance.

De retour à la maison, tout le monde l'assaillit de questions toutes plus saugrenues les unes que les autres. Ça allait de la couleur de la veste des pensionnaires de l'ENA à la description de l'intérieur, choses auxquelles il ne put répondre que vaguement. L'essentiel demeurait pour lui ailleurs. Il n'avait pas eu le temps de s'attarder sur ces détails futiles et si éloignés de ses préoccupations, voire complètement hors sujet.

La journée se termina comme elle avait commencé, à la différence près que la tension était enfin retombée. Il se dirigea vers sa chambre, ferma sa porte, ses volets, la lumière et ses yeux.

Il n'avait qu'une seule envie : s'endormir serein et retrouver le lendemain.

Le lendemain, pas de question, réveil en chanson pendant que de l'autre côté de la France, le jury devait être en pleine délibération.

Il ne se sentait aucunement stressé. L'heure était plutôt à l'apaisement. Il avait retenu la leçon de vie de cet homme... que Georges lui avait enseigné. Georges était originaire du village, dans les 80 ans, les cheveux courts grisonnant. Il mesurait dans les 1,65 m pour une cinquantaine de kilos. Il l'avait croisé sur un banc. Il promenait son chien Chouppy comme tous les matins. Son regard aurait pu l'intimider, limite l'inquiéter, pourtant il s'en dégageait une profonde sérénité, une bienveillance pour qui voulait l'approcher. Il se rappellerait toujours de cette rencontre. Son chien Chouppy s'était détaché et il avait longtemps couru pour le rattraper. Il se souvenait de ses premières paroles lorsqu'il lui ramenait. « Et p'tit, t'as pas d'autre chose à foutre que de courir après un chien ? ». Limite vexé, Arnaud allait partir, lui tournant le dos, quand le vieil homme lui posa la main doucement sur son épaule et lui dit d'une voix bien plus adoucie : « Merci petit. »

Une chose le frappa quand son regard se posa sur ses mains, on sentait qu'elles avaient du vécu.

Puis il enleva sa main, le laissa partir tout en lui murmurant délicatement… « À demain. »

Les jours suivants, Chouppy était devenue sa plus grande amie, le trait d'union entre ces deux générations. Personne n'était au courant de leur relation… sauf moi qui connaissait Georges depuis longtemps. C'était son jardin secret. J'avais secrètement le même puisque je croisais le regard de Georges au moins une fois par jour. Georges n'avait nul pareil pour raconter des histoires, il savait amener à rêver. Sa passion autrefois, c'était de voyager.

Le voyage était sa bouée d'espérance comme il aimait l'appeler, un bout de sa subconscience, sa bien-pensance.

Georges racontait à Arnaud l'histoire, les choses de la vie. Sa philosophie se résumait en un mot : Profiter. Il avait pour lui le recul de sa vie. Il savait de quoi il parlait, le voyage plaidait en sa faveur.

Il avait atteint l'âge où la maladie vous rattrape. La sienne, elle ne l'avait pas oublié un beau matin de janvier. Il n'était plus sur ce banc qu'il affectionnait tant. Le vide l'avait remplacé. Arnaud n'était pas triste. Georges lui avait enseigné que vivre et mourir faisait partie intégrante de la vie et qu'avec son âge avancé, il se situait plutôt dans la deuxième catégorie. C'était incroyable ce détachement des choses dont Georges pouvait faire preuve, cette manière de tout relativiser, cet attachement aux choses qui vous paraissent si simples, si innocentes, si anodines. Lui savait les rendre uniques. Il avait légué à Arnaud plus qu'un savoir, de la tendresse, une vision de l'empathie.

Et puis l'après-midi, le téléphone sonna. Maman décrocha. Une voix lui annonça que la candidature d'Arnaud avait été retenue avec les félicitations du jury. Arnaud était à la fois heureux et un brin nostalgique de quitter subitement cette pensée qui lui trottait dans la tête, ce visage familier qu'il avait appris à aimer. Son cœur s'ouvrit, se libéra de ce lourd fardeau rempli de tristesse et du vide immense créé par la perte d'un être cher qui laissa place à la joie. Les choses de la vie reprenaient tout doucement leur cours et c'était très bien comme ça.

Maman passa sous silence l'annonce du coup de téléphone. Pendant deux ou trois jours, Arnaud feint d'ignorer la bonne nouvelle pour ménager le plaisir de maman de lui apprendre.

Arnaud, Pierre Fields

Le 3 décembre 1993, Chalon-sur-Saône

Le facteur arriva et glissa du courrier dans la boîte aux lettres qui était restée étonnamment vide toute la semaine. Arnaud pourtant ne paraissait pas le moins du monde inquiet. A sa place, j'aurais fini par ne plus y croire. Il avait travaillé comme un forcené et pensait, malgré le nombre important de candidats tirés à quatre épingles, avoir rendu une copie plutôt accomplie et une prestance à l'oral plutôt flamboyant.

Maman alla à la boîte aux lettres, le cliquetis de la clé s'insérant dans la serrure allait-elle livrer le précieux sésame qui lui permettrait d'accomplir son rêve ? La porte s'ouvrit. Une grande enveloppe dépassait. En haut à droite le cachet du ministère de l'Éducation nationale y était apposé.

Arnaud guettait la scène et aperçut la lettre dans la main de maman qui s'approchait dans notre direction.

La porte de la maison se rouvrit. Soudain, un sourire pointa sur le visage de maman. Elle ne la décacheta pas. Elle laissa la primeur à Arnaud de le faire. Après tout, cette lettre, c'était avant tout un peu de son avenir. A ce moment, ses mains se mirent à trembler et son cœur sans doute s'emballer. Quoi de plus ridicule que d'avoir participé au plus dur concours que celui de l'ENA et de rester paniqué devant une simple lettre. Enfin simple, il fallait le dire vite. Son contenu allait décider d'une grosse partie de sa vie.

La lettre était fermement cachetée. Il prit un couteau et avec soin, passa la lame en coin qu'il laissa glisser lentement le long du pli afin de ne pas l'abimer. Son contenu était plié en trois. Je me souviendrais toujours de cette première phrase et du regard de mon frère.

Monsieur Fields, nous avons l'honneur de vous informer que votre candidature a été retenue pour l'entrée à l'ENA pour la rentrée prochaine.

L'écho de cette phrase résonna comme une victoire aux oreilles de mon frère qui, pour la première fois, laissait éclater une joie dont j'ignorais totalement l'existence. Il s'était tellement investi toutes ces années, au prix de tant d'années de sacrifices, qu'il trouvait dans ces mots la juste récompense de son effort.

J'étais si fier que mon frère intègre l'ENA que je lui lançai d'un ton taquin :

— Ça fait quoi d'être l'intello de la famille ?

Encore sur le coup de l'émotion, il n'entendit même pas ma boutade et ne réagit pas, puis après avoir repris ses esprits, se mit à rire en me disant :

— T'inquiète pas, je ne t'oublierai pas.

Comment oublier tant d'années fusionnelles. Papa descendit à la cave dont il ramena une bouteille de champagne qu'il sabra pour fêter ce moment inoubliable.

Le repas terminé, épuisé, Arnaud monta dans sa chambre rejoindre les bras de Morphée. Sa journée avait été riche en émotion pourtant, le doute m'incita à soupçonner que sa réaction était somme toute maitrisée.

Le lendemain, même rituel, café, chocolat chaud, céréales et tartines.

Il soufflait un air de désinvolture que j'appréciais au plus haut point, moi qui me revendiquais comme le chantre de cette vertu. A la surprise générale, Arnaud s'aventura même à lancer quelques blagues que je ne lui connaissais pas. C'était sa délivrance.

Arnaud Fields, Alexandre Verrier, Xavier Winters, Steeve Wright

Le 3 janvier 1994, Strasbourg

Arnaud comme prévu avait effectué sa rentrée à Strasbourg à l'ENA en janvier. Il avait vite pris ses marques. Il était arrivé à se dégotter un petit studio de 20 mètres carrés qu'il finançait par le biais de la bourse récemment accordée, de l'argent que lui versaient nos parents et par des petits boulots à droite et à gauche, en attendant de signer un contrat dans une chaîne de restauration bien connue très prochainement. Il semblait plus débrouillard que je le pensais. Je constatais que l'entrée à L'ENA l'avait galvanisé. C'était depuis toujours son Graal et maintenant qu'il y était parvenu, il ne comptait pas s'arrêter en si bon chemin.

Lui d'ordinaire si réservé avait pourtant réussi à s'imposer dans ce monde huppé et s'était même fait trois amis, Xavier, Steeve, Alexandre, dont il n'arrêtait pas de nous vanter les qualités chaque semaine au téléphone. Ils faisaient la fête tous les samedis dans Strasbourg dans le quartier de la Petite-France où ils aimaient se retrouver. Il nous parlait de Strasbourg comme à son habitude, qu'il nous décrivait dans les moindres détails. Il avait appris à apprécier cette ville dynamique et étudiante. Et toute la famille s'étonna même de le voir penser, pour une fois, à autre chose qu'à ses études.

Pierre Fields

Le 23 septembre 1994, Chalon-sur-Saône

En ce mois de septembre, deux mois s'étaient écoulés depuis l'obtention de mon BTS informatique. Durant le mois de juillet, j'avais pris la liberté de m'accorder une pause. Diplôme en poche, j'avais immédiatement rejoint l'ANPE pour m'y inscrire et déposer mon CV fraîchement rédigé.

Entre mon entrée au lycée technique et l'obtention de mon diplôme, deux années s'était écoulées et la crise qu'aucun économiste n'avait vu venir avait pointé le bout de son nez. Le marché du travail s'était soudainement retourné et les personnes débutantes étaient devenues moins attrayantes. Les lettres revenaient toutes négatives, et le peu d'entretiens se soldait par des refus tout autant décourageants, à défaut de rester lettres mortes, dénotant un mépris insupportable des entreprises.

Ce sont là que les premières tensions sont apparues à la maison et que tout s'est enchaîné... en mal. Les journées traînaient en longueur. Elles se limitaient à éplucher les offres d'emploi récolter la veille à l'ANPE, postuler en postant toujours le même CV et la même lettre de motivation, sans oublier les innombrables candidatures spontanées et constater en retour les refus. J'étais une victime collatérale de cette crise. Par ricochet, il y en avait une autre qui, je le sentais, commençait à ne plus supporter la promiscuité.

L'intimité est importante dans un couple et mes parents n'avaient plus vingt ans. Je voyais bien que ma présence commençait à les déranger. Jusqu'au jour où, affalé sur mon lit, un mot de trop fit tout basculer.

— Pierre, lève-toi ! dit-elle d'une voix pressante.

La veille j'avais passé la nuit à naviguer sur le web sur les différents sites d'emploi avec la ferme intention de trouver un travail. Je m'étais investi comme jamais.

— Réveille-toi, répéta-t-elle avec insistance.

Elle descendit les escaliers, je pouvais entendre dans son pas lourd la pesanteur de la situation. Le pas s'éloigna puis se rapprocha de nouveau. « Lève-toi » suivi du mot « feignasse ». Le mot résonna dans ma tête comme un électro-choc. « Regarde ton frère. » Le sang ne fit qu'un tour mais malgré tout, je ne lui répondis pas. Me rebeller n'aurait rien changé, encore moins de lui manquer de respect, c'était ma mère. Mon père derrière surenchérit en lançant un cinglant :

— Tu ne peux pas te bouger un peu ?

Il ne comprenait pas, il ne voyait pas les efforts que je déployais pour quitter cet état d'assistanat. Nous étions à l'ère de l'internet et eux des lettres.

C'était une opposition de style entre le physique et la métaphysique, impossible d'essayer d'expliquer rationnellement sans se fâcher. Cette génération, que les économistes qualifiaient de dorée, n'avait connu que le plein emploi. J'étais une victime dans ce Monopoly financier. Les jours suivants furent du même acabit et cela m'attristait profondément.

Le 10 novembre 1994 est un jour dont je me souviendrai toute ma vie. Ma première décision… La décision. Il était 11 h. J'attendis que tout le monde soit parti et je mis mon sac de sport sur mon lit, que je remplis rapidement de vêtements. Je parais au plus pressé.

Je pris le stylo bille noir argenté situé sur la table d'entrée, une feuille de papier bien blanche et j'écrivis ces quelques lignes avant de partir.

Maman, papa, vous êtes des parents formidables mais il y a des paroles qui vous font réfléchir, qui vous font comprendre que votre place n'est plus ici et qu'il est temps de quitter le nid, découvrir par soi-même l'essence de la vie. Je sais que ce départ soudain vous fera sans doute souffrir, que vous m'en voudrez mais ceci est un mal nécessaire qui, je l'espère, me fera grandir. Ne culpabilisez pas, blâmez-moi si cela peut vous apaiser. Je ne sais quand je rentrerai, si je rentrerai. Je vous embrasse très fort. Votre fils Pierre.

Par ces mots, j'avais accompli le plus dur choix et sans aucun doute l'acte le plus courageux de toute ma vie…Plonger dans l'inconnu. L'inconnu s'apparentait dans mon cas à une chance ou un déni.

Peut-être que l'avenir me fera regretter ce coup de sang présomptueux d'avoir si brusquement quitté le foyer, de vouloir tenter ma chance autre part.

Peut-être étais-je tout simplement dans l'erreur. En tout cas, j'avais pris ma décision.

D'ailleurs à quoi me servirait bien la vie si elle se réduisait à subir ? Quelle tristesse de laisser passer les années sans ne jamais rien construire.

Je pris mon baluchon sur le dos, le bus de la ligne 3 s'arrêta, je montai et achetai un ticket. Le conducteur me demanda : « Vous voulez un carnet ? » Je lui répondis : « Un ticket suffira pour un aller ». Je me dirigeai vers le fond, il y avait à peine un petit quart d'heure qui séparait notre maison de la gare SNCF. Je m'assis contre la fenêtre et regardai défiler devant moi les immeubles, les rues que j'avais si souvent arpentées. Mon regard se figea dans le temps, rempli de nostalgie. Je m'imaginais au coin de l'avenue Boucicaut le matin, marcher d'un pas déterminé jusqu'à la boulangerie, demander une baguette de pain et des croissants encore tous chauds.

Quelques mètres plus bas, admirer la vitrine remplie de maquettes de voitures, d'avions, toutes plus belles les unes que les autres, que je rêvais de posséder à chaque Noël.

D'un coup, le bus s'arrêta. Le haut-parleur grésilla et annonça : « Terminus la gare, tout le monde descend ».

Je saisis mon sac et me dirigeai vers le guichet. Pour une fois, il n'y avait pas foule. Je m'approchai du comptoir. L'agent me demanda :

— Pour quelle destination et à quelle date souhaiteriez-vous voyager et à quelle heure souhaitez-vous partir ?

Je répondis un peu évasif :

— Pour aujourd'hui, le premier train à … Montpellier.

— Je peux vous proposer celui de 12 h 23, mais je n'ai plus de place en seconde classe, et les places restantes en première classe sont à quatre-vingt-dix-neuf euros. Cela vous convient-il ?

— C'est un peu cher et trop tôt.

— Le train suivant est à 15 h 23 et soixante-dix-sept euros. Il part de Chalon-sur-Saône à 15 h 23, il arrivera à

Macon ville à 15 h 53 pour un changement en gare avec le TGV 9879 pour une arrivée en gare de Montpellier Saint-Roch à 19 h 04.

— Très bien, je vais prendre celui-là, répondis-je.

— Vous avez une préférence, côté couloir ou côté fenêtre pour le TGV ?

— Côté couloir.

— En haut ou en bas ?

— Peu importe.

— Vous avez une carte de réduction ?

— Non.

— Pour cette distance, si vous êtes amené à faire plusieurs voyages, je vous conseillerais d'acheter la carte Escapade, me dit l'employé.

— Ce ne sera pas nécessaire, je ne compte pas revenir. Un aller simple suffira.

— Très bien. Cela vous fera donc soixante-dix-sept euros. Vous allez régler comment ?

— Par carte, s'il vous plaît.

— Tenez monsieur, votre billet pour Montpellier et bon voyage.

— Merci bien.

Je sortis prendre l'air sur le parvis de la gare. L'horloge indiquait 12 h 30. Mon train n'étant pas avant 15 h 23, il me restait du temps devant moi à tuer.

Mon ventre gargouilla, signe qu'il était temps de se restaurer, surtout que le matin, je n'avais rien pu avaler. J'allais prendre tout mon temps pour déjeuner. J'entrai dans la brasserie de la gare, m'assis à une table dans un coin isolé. Une jeune serveuse m'apporta la carte des menus avec un joli sourire. Je lus vaguement le menu dont une formule entrée-plat-dessert-café pour une quinzaine d'euros. Au vu des plats que je voyais circuler et l'odeur qu'ils s'en dégageaient, ça sentait le bon plat fait maison. Je pris un œuf mayonnaise suivi d'une bavette échalote frites en plat et un flan caramel pour terminer. Un grand classique des brasseries que maman affectionnait à nous concocter. J'ajoutai une bonne bière pour arroser le tout. Je finis ce bon repas par un café bien serré… un peu comme mon cœur.

Je laissai un euro de pourboire sur la table pour le service tout en sourire de la serveuse. Je payai à la caisse un petit vingt euros, un rapport qualité prix imbattable. En partant, la serveuse me claqua son plus beau sourire et je lui retournai en lui souhaitant une bonne journée.

Je m'avançai vers le panneau d'affichage des départs et des arrivées. Mon train était bien affiché. C'était le TER 17815 à destination de Montpellier et sans retard. Le hasard avait voulu que je choisisse cette destination. Le premier nom qui m'était venu en tête, sans doute inspiré par le soleil que j'avais admiré dans un reportage présenté la veille après le journal de treize heures.

Le numéro du quai s'afficha, il s'agissait du 2B.

Je compostai mon billet et descendis les escaliers qui m'emmenaient dans un couloir à peine éclairé sur le quai. Je franchis les dernières marches et me dirigeai sac au dos vers l'afficheur pour vérifier l'emplacement du wagon. Je fixai mon billet. Je cherchais le numéro de voiture et de place mais étourdi que je suis, j'avais oublié qu'il n'y avait aucune place d'attribuée dans un TER. Je me plaçai donc en milieu de quai.

Il était 15 h 20, le chef de gare porta la main à son sifflet, le train en provenance de Dijon était annoncé à l'approche. Pour une fois, il n'était pas en retard, il avait décidé de me faire quitter la ville à l'heure. Il ralentit, les freins crissèrent et s'arrêta repère Y. De l'extérieur, le train avait l'air bondé. La porte s'ouvrit, seules quelques personnes descendirent. Ce n'était pas très encourageant pour trouver une place. Je montai à l'intérieur. Dans le couloir, il était difficile de se frayer un chemin entre les valises posées en travers et les autres voyageurs qui essayaient tant bien que mal de trouver une place. Les porte-bagages étaient tous archi-pleins. J'avançai dans l'allée. Quelques rangées plus loin, j'aperçus une place de libre côté couloir. Celle côté fenêtre était occupée par une jeune femme qui me fit un large sourire et me dit sur un ton enjoué : « Bonjour ! ». Je lui renvoyai la politesse en lui répondant « Bonjour » à mon tour.

— Est-ce que la place est libre ?

— Oui.

— Puis-je m'asseoir à vos côtés ?

— Je vous en prie, me répondit-elle avec le même large sourire.

Elle était brune aux cheveux longs, les yeux noirs, habillée simplement en jean basket à la mode, tee shirt rouge. Je saisis mon sac chargé et le rangeai dans le porte-bagage juste au-dessus de nous. J'écartai les autres sacs pour me faire un peu de place. J'avais pris cette habitude, à la suite d'un vol la semaine avant Noël l'an dernier, de garder mon sac bien en vue.

Puis, j'enlevai mon blouson et m'asseyai doucement sur mon siège en laissant échapper un léger soupir. La jeune femme esquissa alors de nouveau un large sourire en me fixant droit dans les yeux et me dit :

— Vous allez bien ? Pas facile de trouver une place ?

Je ne réagis pas tout de suite puis lui répondis spontanément :

— Non, pas facile. Disons que c'est un peu la course pour trouver une place.

— Oui, je vous le concède, je prends ce train tous les quinze jours et c'est à chaque fois la croix et la bannière pour pouvoir s'asseoir.

Cela me réconforta de constater que je n'étais pas le seul dans cette situation.

— Et vous faites ce trajet tous les quinze jours ? Ce n'est pas trop cher et épuisant ?

— Non, ça va, une routine. Je fais ce trajet depuis quatre ans. Je suis originaire de la Bourgogne plus précisément de Beaune. Vous connaissez ?

— Oui, parfaitement, moi aussi je suis Bourguignon et originaire de Chalon-sur-Saône.

Elle ria puis me dit :

— Pour le coup, nous sommes à nouveau voisins, comme dans le train. Si ça se trouve, nous nous sommes déjà rencontrés.

La conversation était à la fois chaleureuse et mon interlocutrice charmante. Ça me changeait, le peu de fois où il m'était arrivé de prendre le train, les personnes assises à côté de moi étaient peu bavardes.

A elle toute seule, elle venait de réaliser le tour de force de me réconcilier avec les transports en communs. Nous continuions à discuter tranquillement de la pluie et du beau temps. Elle me raconta que son travail consistait à trouver du travail pour les gens au chômage.

— Vaste programme, dit-elle, avec le peu de moyens mis à ma disposition.

Et puis, au bout de quelques minutes, certainement en confiance, elle me dit :

— Je m'appelle Alexandra et vous ?

— Moi Pierre.

— Enchanté Pierre, me lança-t-elle avec ce même beau sourire.

Les minutes défilèrent, le train ralentit puis stoppa et le contrôleur annonça : « Macon ville, deux minutes d'arrêt ». Je saisis ma veste, portai ma valise, puis lui proposai de l'aider à porter la sienne et nous descendîmes du train. Nous avions un changement d'environ trente minutes. Juste le temps d'aller prendre un café ou de boire un verre, histoire de faire plus ample connaissance dans un endroit bien plus calme et intime que le train.

Après quelques allers-retours à travers la gare, nos deux regards balayèrent le hall presque simultanément à la recherche de notre sésame... un bar. Nous jetâmes notre dévolu sur un petit bar à la devanture bleue qui ne payait pas de mine, situé juste en face du panneau d'affichage des arrivées et départs de train. Il fallait en effet trouver un endroit stratégique à la fois sympathique et pratique d'où nous pourrions scruter le panneau d'affichage des trains pour ne pas rater notre correspondance. Ça aurait été dommage de ne pas rejoindre cette magnifique ville de Montpellier sous un si beau soleil.

En plein après-midi, il n'y avait pas affluence dans le bar. Alexandra commanda un verre de jus d'orange et je l'imitai avec un verre d'ananas. Il faut bien avouer que nous étions en phase, phase de quoi, je ne sais pas car il y avait à peine une quarantaine de minutes, je ne la connaissais même pas. C'était pour le moins assez déconcertant, pour moi, de me lier si vite avec une inconnue. Visiblement, Alexandra abordait la chose d'une manière bien plus détachée et naturelle que moi. Cela venait sans doute d'une déformation professionnelle. Je me rappelais qu'elle m'avait confié dans le train qu'elle s'occupait en tant que conseillère et réinsérait professionnellement les gens. Forcément, cela explique qu'elle arbore une plus grande assurance que moi.

Les minutes s'égrenaient et tout doucement, nous nous dirigions vers le départ de notre TGV. Je savais déjà qu'elle était employée dans un poste plus que valorisant à connotation sociale, elle avait la discussion facile et un certain niveau culturel. Tout pour attirer. Il paraissait évident qu'une telle jeune femme avec toutes ses qualités devait être en couple ou cela serait un pur sacrilège. La question me brûlait les lèvres mais ma légendaire timidité m'interdit de la poser. Je n'allais tout de même pas interroger aussi indiscrètement une personne avec laquelle je ne discutais que depuis à peine une heure. La serveuse arriva, Alexandra tendit la main dans laquelle elle tenait un billet de dix euros. Je lui fis signe de se raviser et déposai délicatement le même billet à la serveuse, tout en lui demandant de garder la monnaie. Sur ce, elle nous souhaita à tous deux une bonne fin de voyage et une bonne journée.

En face du numéro du train, le quai venait de s'afficher. Le numéro 1. Nous nous dirigeâmes gentiment sur le quai. Le train était déjà à quai. Le départ était prévu dans cinq minutes et il y avait déjà des passagers mais rien à voir avec notre précédent TER. La place d'Alexandra était située en voiture 8, le wagon en tête de la rame. Elle avait la place 52 en duo. Ma place se situait dans la voiture voisine. Alexandra me proposa gentiment de m'asseoir à ses côtés. La place voisine était libre pour l'instant. Dans le cas contraire, nous avions envisagé une solution de repli aux places laissées vacantes juste derrière. Les portes du train se fermèrent, quelques retardataires pénétrèrent in extrémis à l'intérieur. Ils passèrent devant nous rejoindre leurs places qui, par chance, n'étaient pas communes aux nôtres. Nous enlevions nos vestes et continuions notre conversation là où nous l'avions laissée.

— Pierre où en étions-nous ? me lança-t-elle.

Son naturel revint au galop et elle engagea ainsi rapidement la conversation. J'étais reconnu pour parler énormément mais là, j'avais trouvé mon maître, ou plutôt devrais-je dire ma maîtresse.

— Je vois que vous avez bien retenu mon prénom. Et vous Alexandra, c'est bien ça ?

— Tout à fait, vous avez aussi une bonne mémoire.

— Disons, une mémoire que je qualifierai de sélective.

— Ravie de faire partie de votre sélection.

— Idem.

— Et vous avez des frères et sœurs ?

— Juste un frère aîné qui se prénomme Arnaud.

— Et vous ?

— Moi une sœur aînée qui porte le doux prénom de Sophie que j'adore tout comme vous je suppose.

— Oui, effectivement nous sommes très proches.

— Vous vous rendez souvent à Montpellier ?

— Non, c'est la première fois.

— Ah d'accord, vous allez visiter ?

— Non.

— Et pourquoi quittez-vous notre bonne vieille Bourgogne pour Montpellier si ce n'est pas indiscret ?

— Pour le travail.

— Pour le travail ? Il n'y a pas de travail en Bourgogne ?

— Si bien sûr mais pas dans mon domaine.

— Et quel est votre domaine ? Excusez-moi si vous me trouvez un peu trop insistante et curieuse, déformation professionnelle oblige.

— Non ça ne me dérange pas du tout. En fait, j'ai décidé de quitter le cocon familial pour voler de mes propres ailes.

— Ah, c'est courageux de votre part. Et vous avez donc choisi de changer de ville pour opérer ce changement radical.

— Oui.

— Ce n'est pas un peu risqué de venir chercher du travail dans une ville que vous ne connaissez pas ?

— C'est bien possible mais c'était un besoin vital.

— Et vous recherchez dans quel domaine ?

— L'informatique.

— Pas facile avec cette crise qui vient de nous tomber dessus. Les places sont chères. Vous avez déjà prospecté sur Montpellier ?

— Non.

— Ah, je vois que Monsieur est un vrai aventurier.

— Oui, on peut dire cela. Je verrais sur place.

— Remarquez à défaut de travail, vous aurez au moins le soleil, ce n'est déjà pas si mal.

Je me surpris à rigoler doucement devant l'humour qu'Alexandra avait pris soin de déployer face à cette situation complètement ubuesque.

— Remarquez Alexandra, avec toutes les personnes que vous avez à réinsérer, vous ne devez pas vous ennuyer non plus.

Alexandra pouffa de rire à son tour.

— Pierre, moi je trouve que vous avez le sens de la formule, vous devriez peut-être vous reconvertir comme écrivain ou commercial.

— Je vois que Madame est joueuse.

— Cela fait 1 partout.

— Et votre frère Arnaud habite en Bourgogne ?

— Non, il vient d'être reçu à l'ENA.

— A l'ENA ? Vous devez être super fier ?

— Oui mon frère en avait toujours rêvé et son rêve est en quelque sorte devenu réalité même s'il lui reste encore du chemin à parcourir avant d'atteindre son but ultime.

— Moi, j'aurais un frère comme ça, je serais super fier. Avec un gros coup de bol, vous serez peut-être le frère du futur Président de la République ? Vous savez que la plupart des hauts fonctionnaires sont issus de cette institution.

— Oui mais de là à être Président, il y a un gouffre.

— Oui, c'est vrai. J'aurais discuté avec le frère du futur Président de la République. Avouez que ça ferait bien sur mon CV. Et vous Pierre, quel serait votre rêve ?

— J'avoue ne pas m'être encore penché sur la question

— Vous avez bien un rêve ?

— Pour l'instant, essayer de trouver un travail sur Montpellier.

— Et c'est tout ?

— Oui. Déçu ?

— Non. Ce n'est sans doute pas votre priorité pour le moment.

— Et vous Alexandra ?

— Même topo pour moi, même si je suis dans une situation un peu plus confortable que la vôtre. Je laisse faire le hasard. Et aujourd'hui, ce même hasard nous a fait nous rencontrer, c'est assez troublant et rigolo à la fois.

Les minutes défilèrent quand soudain le train s'arrêta. Le contrôleur du train annonça « Montpellier trois minutes d'arrêt ». Nous ne nous étions même pas rendu compte que nous étions arrivés.

Sans perde un instant, j'aidai Alexandra à descendre sa valise pour satisfaire l'impatience des gens, je pris la mienne au passage.

C'est alors qu'une personne enfichée d'un gros sac noir sortie de je ne sais où, força le chemin qui le menait à la descente du train. Son sac vint heurter ma main.

— Non mais ça ne va pas ! Vous ne pouvez pas faire attention ! lui lançai-je d'un regard menaçant.

— Monsieur, vous feriez mieux de sortir plutôt que de bloquer la sortie, me répliqua-t-il. Puis, il continua son chemin sans même s'excuser.

Alexandra lui lança :

— Vous pourriez tout de même vous excuser.

L'homme la regarda fixement puis passa son chemin.

— Non, mais c'est incroyable, j'ai horreur de ce genre de comportement grossier. Pauvre type ! s'exclama-t-elle.

— Vous allez bien Pierre ?

— Oui, pas de soucis, c'est gentil tout de même.

Nous descendîmes du train. Nous fîmes quelques pas, nous nous regardâmes et elle me dit :

— Je dois y aller, quelqu'un m'attend en voiture.

Elle se retourna et me murmura « Merci pour ce trajet sympathique, au plaisir Pierre». J'étais flatté qu'elle se souvienne de mon prénom. Chacun traça sa route et nos chemins se séparèrent, chacun d'un côté de la gare. Ça avait été ma pause de la journée. J'étais arrivé à Montpellier.

Malheureusement, la réalité eut tôt fait de me rattraper. Maintenant que j'avais bien voyagé, il fallait s'atteler à trouver de quoi se loger. Et quand vous n'avez aucune connaissance de la ville dans laquelle vous avez mis les pieds, la tâche s'avère soudainement plus ardue. J'avais choisi cette ville pour son climat clément mais je n'avais à aucun moment pensé que la précarité risquait de ne pas l'être plus qu'à Chalon en ces lieux.

Le plus dur restait donc à trouver du travail pour financer mon expédition. J'avais rassemblé mes maigres économies qui n'allaient pas suffire à tenir bien longtemps, et je savais au fond de moi que le manque d'argent risquait vite de m'handicaper. Il fallait donc parer au plus pressé. Et le plus urgent, dans un premier temps, consistait à trouver un toit pour dormir. Sans emploi ni garant, l'affaire risquait de tourner court. En fait, je crois que c'est à ce moment-là que je pris conscience de la galère dans laquelle je m'étais embarqué. Mais il était trop tard pour faire machine arrière. Pour une fois, je devais assumer mes choix. A la maison, la vie me paraissait plus simple, même si les retours négatifs de mes candidatures m'avaient déjà mis la puce à l'oreille. En temps normal, la vie se révèle déjà être un combat de tous les instants, alors imaginez si vous n'avez personne sur qui compter, cette situation se révèle encore plus vraie.

En cette période, le boulot ne courait pas les rues, c'était plutôt les gens qui couraient après.

Je me baladai à travers la ville, je compris rapidement que ce n'était pas dans mes prix. Il fallait se rendre à l'évidence, Montpellier était une ville assez chère. J'avais choisi le soleil mais j'avais oublié qu'il avait un prix.

Je me rabattis vers la banlieue, à coup sûr, elle serait moins onéreuse. Le quartier se nommait La Paillade. Je me dégotai une petite chambre d'hôtel à cinquante euros, petit déjeuner compris. C'était toujours ça de pris, au moins je ne partirais pas le matin le ventre vide. Je pris les clés de ma chambre, déposai mon sac par terre à l'entrée. J'avais les marques des sangles dans le creux de l'épaule toute endolorie. Je m'allongeai directement sur le lit, exténué. Je ne pris pas le temps de ranger mes affaires, j'avais bien mieux à faire… me reposer.

Je fermai les yeux, la première image qui me vint à l'esprit fut la silhouette floutée de la jeune femme du train. Elle avait été l'espace d'un instant mon havre de paix. Je ne m'étais même pas rendu compte dans la précipitation que j'avais oublié de la remercier.

Le téléphone de la chambre sonna. Une voix chaleureuse m'annonça qu'il était temps de me lever. Il était 8h, l'heure à laquelle j'avais demandée la veille de me réveiller.

Je pris une bonne douche bien chaude, l'eau ruisselait sur ma peau pleine de transpiration de la veille. Ma deuxième peau venait de tomber, un homme nouveau arrivait. Je descendis une à une les marches qui me séparaient de la petite salle où était servi le petit déjeuner. Je me versai une bonne tasse de café bien chaude avec des tartines de confiture et un croissant que je dégustai sans me faire prier.

Je remontai dans ma chambre, pris ma sacoche sous le bras et me rendit à pied à L'ANPE, située au centre-ville. La distance représentait un bon bout de chemin à pied, une bonne heure environ. Au passage, j'admirais le paysage, dommage qu'il se composait en grande majorité d'immeubles, et pas de première jeunesse, limite délabrés tout juste bon à inspirer l'insalubrité. Ce n'était pas les quartiers les plus prisés de la ville mais au fur et à mesure que j'avançais en direction du quartier des Beaux-Arts, il défilait devant moi un tout autre paysage. Je sentais bien la différence qui séparait la banlieue du milieu. Sur le papier, une simple question de géographie. Dans la réalité, une place au sein de la société.

Le 17 novembre 1994, Montpellier

Après quelques minutes de marche, l'ANPE se présentait enfin devant moi. Ça se mérite l'ANPE, pensais-je. A l'intérieur, les locaux contrairement au reste étaient flambant neufs. On sentait que la municipalité s'était chargée d'investir copieusement. Je m'approchai de l'accueil où l'on me demanda le but de ma venue. Je fus surpris par cette question saugrenue. A première vue, on ne vient pas à l'ANPE pour faire une partie de carte. Mais la réceptionniste m'expliqua calmement qu'elle devait opérer un tri entre les nouveaux inscrits et les personnes déjà en recherche active. Je tendis la tête et effectivement il y avait dans la salle d'accueil deux afficheurs, un rouge l'autre bleu. Elle me donna un ticket de couleur bleu, une couleur que j'affectionnais particulièrement. J'avançai pour aller m'asseoir. Plus un siège de libre, j'étais choqué par le nombre de demandeurs. La salle était pleine à craquer et j'allais bientôt faire partie de cette grande famille. J'avais le ticket numéro 212 et le numéro bleu affiché indiquait le 162, autant dire que j'avais le temps de patienter. Mais après tout, le temps, ce n'était pas ce qui me manquait. Je regardai autour de moi, la tranche d'âge des personnes présentes était assez variée. Ce qui n'était pas franchement rassurant, surtout quand j'observais le nombre important de jeunes de ma tranche d'âge présents parmi elles.

Les minutes s'écoulèrent, je voyais lentement le flux des mouvements des gens s'intensifier, les sièges se vider et les gens défiler. Un beau petit ballet s'opérait. Dans les yeux de tous ces prétendants, je pouvais lire beaucoup de détresse. Aurais-je la même d'ici quelques temps ? Et puis au bout de 2 h, mon numéro s'afficha enfin. Je n'avais même pas remarqué qu'en face, il y avait le numéro de bureau associé. Pour un peu, je sautais mon tour. Le bureau numéro 1, la pole position. Je frappai à la porte du bureau numéro 1. Une voix cria un « Entrez ! ». Quand je franchis le seuil de la porte, grosse voix mais petite femme. Elle avait des cheveux blonds, un peu ronde, les yeux bleus et répondait au doux nom d'Alice Courtier. Mais peu importe, je me repris car je n'étais pas là pour fantasmer mais bien pour trouver un boulot et c'était tout ce qui m'importait. Une tâche, un plein temps bien plus vital.

Pierre Fields, Alexandra Bertier

Le 13 février 1995, Montpellier

Cela faisait près de 3 mois que j'étais inscrit à l'ANPE et malgré mes nombreux allers-retours, toujours aucun poste en vue. Autant dire que ce matin, j'avais le moral dans les chaussettes et que j'y allais à reculons. La conseillère m'avait bien prévenu que le délai moyen pour espérer décrocher un emploi avoisinait, dans mon cas, les 6 mois. J'avais encore de la marge mais mon porte-monnaie lui n'était pas extensible. Il fallait coûte que coûte que j'arrive à travailler. Je pénétrai comme tous les matins dans l'enceinte de l'ANPE. Je faisais désormais parti des meubles. L'hôtesse d'ailleurs, ne me demandait même plus si j'étais nouveau, elle connaissait à force, les têtes par cœur de ceux qui se rendaient quotidiennement en ce lieu. Il était 9 h. A cette heure, il n'y avait pas foule. D'ailleurs, quand je posai le pied dans la salle d'attente, je constatai qu'elle était étonnamment vide. Je pris un ticket par politesse mais le numéro s'afficha directement ainsi que celui du bureau qui était le même que toutes les autres fois, celui d'Alice Courtier, ma conseillère attitrée. Je frappai, une voix m'intima d'entrer. Bizarrement, je ne reconnus pas sa voix. La voix était plus douce, plus suave. Lorsque je poussai la porte du bureau, à ma plus grande surprise, ce ne fut pas Alice qui se trouvait assise en face de moi mais une belle brune aux yeux noirs.

— Je me présente, Alexandra Bertier. Je suis votre nouvelle conseillère. Mais je vous en prie, asseyez-vous, me dit-elle gentiment.

Cette demoiselle, somme toute charmante, me rappelait vaguement quelqu'un mais je n'arrivais cependant pas à mettre un visage dessus. Elle m'expliqua qu'Alice était en congé parental depuis ce lundi et qu'elle avait repris l'ensemble de ses dossiers. Je m'étonnai d'avoir omis le ventre rond qu'elle devait arborer.

— Vous l'embrasserez de ma part la prochaine fois que vous la verrez !

— Je vous remercie, je n'y manquerai pas. Mais revenons à votre dossier que je viens de parcourir. Je constate que cela fait 2 mois déjà que vous êtes allocataire sans grand résultat dans votre recherche.

— Oui, et ce n'est pas faute de venir voir les offres !!!

— Je vois ça effectivement. Il se trouve que je viens de recevoir une annonce qui pourrait vous convenir. Le poste nécessite les compétences qui semblent cadrer parfaitement avec votre profil. Je vous ai donc positionné et vous ai planifié un rendez-vous dès demain avec le responsable du recrutement. Tenez, je vous ai imprimé l'offre dans laquelle vous trouverez le nom de la société, son adresse, numéro de téléphone pour les contacter en cas d'empêchement et une brève description du poste.

— Très bien. Merci !

— Je vous laisse préparer votre entretien et on se revoit en début de semaine prochaine pour faire un point.

D'accord. La jeune femme était dynamique, souriante et avait du peps à revendre. Je me levai, la fixai, j'avais toujours en tête cette impression de déjà-vu mais ma mémoire me jouait encore des tours. Le principal, c'est qu'elle m'avait peut-être trouvé du travail. C'était à présent à moi de jouer.

Mon premier entretien. Il fallait avant tout que j'assure, que je me rassure car ce poste était vital. J'avais un loyer à payer et un estomac à remplir. Je suis un homme et en tant qu'être humain, je réponds à des besoins primaires dont je ne saurais me soustraire. Sur la feuille que ma conseillère m'avait imprimé la veille était inscrit le nom de la société, Edulco. Elle m'avait pris rendez-vous pour 14 h avec Roger Motillon, le chargé de recrutement. Après quelques recherches sur internet, j'arrivais à glaner pas mal d'informations sur cette petite entreprise qui s'avèrera être, en réalité, une filiale d'un grand groupe.

Il recherchait un technicien informaticien pour répondre au dépannage à distance de leur logiciel, du helpdesk dans le jargon informatique. Le logiciel, d'après la description que j'en avais lu, servait à calculer les proportions de matière destinées à être transformés en produits pharmaceutiques. L'entreprise affichait une santé florissante et un bénéfice littéralement indécent dont la croissance s'écrivait sur 2 chiffres. Le recrutement était donc une nécessité pour continuer à se développer.

Je me présentai à 13 h 30 devant le sas d'entrée, un agent posté devant vérifia ma convocation ainsi que ma carte d'identité. Il me fit pénétrer à l'intérieur du bâtiment et m'invita à me rendre à l'accueil. Je tendis ma convocation à l'hôtesse qui contacta Roger Motillon dans la foulée pour lui signaler mon arrivée. J'avais 30 mn d'avance. Je détestais par-dessus tout être en retard, question d'éducation et de respect, un vieux principe qu'aimait me rappeler maman. L'hôtesse me remit un badge contre ma carte d'identité et me demanda de patienter tranquillement sur un siège situé dans le hall d'entrée. Roger Motillon était déjà en train d'étudier d'autres candidatures. Edulco se situait à l'est de Montpellier dans le Parc d'activités de Massane. Le bâtiment était imposant peint en blanc et vert, les couleurs du caducée, somme toute assez logique. Il comportait très peu de vitres sauf à l'entrée, question de sécurité.

L'hôtesse se dirigea vers moi et m'indiqua qu'il était disposé à me recevoir. Elle m'orienta à la première porte à droite de l'accueil. La porte était déjà ouverte. Un homme d'une cinquantaine d'année vêtu d'un costume noir sur mesure, des chaussures pointues noires assorties qui brillaient du plus bel effet, s'y trouvait. Il vint à ma rencontre et m'invita à entrer. Il avait un début de calvitie certainement dû à la charge quotidienne qui devait peser sur ses épaules. La pièce était minuscule à peine plus grande que ma chambre. Je fus un peu déstabilisé en apprenant que l'entretien n'allait pas se dérouler en tête à tête mais accompagné de deux autres personnes. Visiblement, ils s'étaient donnés le mot, ils étaient tous habillés pareil... le dressing code oblige. Tout cela respirait le sérieux. Roger Motillon se positionna au milieu de la table et ses acolytes de part et d'autre. Ils se présentèrent respectivement, l'un exerçait le métier de contrôleur de gestion, l'autre s'occupait plus de la partie technique et Roger dirigeait l'ensemble. Il me fit une brève présentation de l'entreprise conforme à ce que j'avais pu lire sur internet ainsi que le poste pour lequel je comptais bien me faire embaucher.

Pour l'occasion, je m'étais paré de mon plus beau costume, histoire de mettre toutes les chances de mon côté. Maman avait l'habitude de me répéter que la première impression reflétait la personnalité. J'espérais secrètement qu'il s'attacherait à m'embaucher aussi pour d'autres qualités.

Roger Motillon me demanda de prendre place sur la chaise devant moi. Je m'exécutai aussitôt. Il fixa la feuille plaquée sur la table devant lui. Puis me demanda de faire un bref résumé de mon parcours scolaire et professionnel. Présentation terminée, il me fit part d'une interrogation.

— M. Fields, je ne vois nulle part mentionné votre numéro de téléphone, est-ce normal ?

— Oui, je viens ces derniers jours de déménager.

— Très bien. Dans ce cas, nous contacterons l'ANPE pour leur faire un retour de notre entretien. Vous venez de la Bourgogne jusqu'ici travailler ? ». Je lui répondis promptement que le travail n'était pas affaire de région. Je vis dans son regard que ma réponse l'avait vexé. Il le resta une seconde fois quand il me posa sa deuxième question. « Etes-vous prêt à faire des heures et intervenir les week-ends ? ». Je relis devant lui la description que son entreprise avait posté sur la page de recrutement de L'ANPE. Il n'était mentionné nulle part de travailler le week-end et encore moins d'effectuer des heures supplémentaires. Le poste indiquait clairement un CDI de 35 h. Là où le bât blessa encore plus, ce fut quand il insista sur le fait que le nombre de ces heures n'étaient pas négligeables. Il y avait tromperie sur la marchandise. Il justifia le montant du salaire d'ailleurs par leur nombre. Il botta en touche quand je lui fis préciser à quel taux elles me seraient rémunérées. Plus l'entretien avançait, plus je me sentais mal à l'aise. L'homme à sa gauche, le gestionnaire, appuya sur le fait que, pour un premier poste, le salaire était plus que satisfaisant et que mon manque d'expérience serait un frein pour prétendre à une plus grande rémunération. D'ailleurs, il m'indiqua que cette proposition était une opportunité en or à ne pas négliger. Que la refuser serait une grave erreur car elle ne se représenterait pas de sitôt dans le contexte actuel.

L'entretien se termina sur une note amère. Il paraissait clair que le poste demandait énormément d'investissement pour un salaire de misère au bout du compte. Et ça, mes interlocuteurs avaient bien senti que je l'avais compris et que je n'étais pas tombé de la dernière pluie.

Je quittai donc la pièce, pas du tout emballé par la perspective de travailler dans une entreprise qui exploitait les gens, malgré le fait que je savais pertinemment que le monde du travail n'était pas angélique. Mon esprit rebelle ou plutôt critique, d'un coup, refaisait surface. Quelque part, ils ne prendraient certainement pas le risque d'embaucher une personne qui pourrait semer le trouble au sein de leur équipe. Ils recherchaient certainement plus une personne malléable. Je pris mes jambes à mon cou, rendis mon badge à l'accueil en contrepartie de ma carte d'identité et quittai les lieux illico presto sans me laisser prier.

C'était ma première expérience, mon premier entretien… et je savais d'avance que la réponse serait négative.

Le 20 février 1995, Montpellier

Quelques jours étaient passés. Le mardi était la journée habituellement réservée par ma conseillère Alexandra Bertier pour opérer un débriefing. Ce sera l'occasion pour faire un point sur l'entretien effectué chez EDULCO. Je me rendis donc comme prévu à l'ANPE le mardi à 9h précise. Je frappai au bureau de ma conseillère Alexandra Bertier.

— Entrez ! Veuillez-vous asseoir !

Son visage contrairement à la dernière fois était complètement fermé. Sur le coup, je crus qu'elle avait passé un mauvais début de journée.

— Monsieur Fields, comment s'est passé votre dernier entretien ?

— Bien. Pourquoi cette question ?

— Visiblement, ce n'est pas ce que nous a remonté dans une lettre M. Motillon. Il indique clairement que vous vous êtes comporté d'une manière complètement désintéressée, limite arrogant et que vous lui aviez fait perdre son temps. Tenez, si vous ne me croyez pas, vérifiez par vous-même ! Voici sa lettre.

— C'est totalement faux ! Vous n'allez pas croire les allégations sans fondement d'une personne sans doute frustrée.

— Ah oui ? Qu'est-ce qui vous permet de porter un tel jugement ?

— Madame, avec tout le respect que je vous dois, comment qualifieriez-vous une personne qui, au bout de deux questions, vous invite à accepter un poste avec des conditions de travail en contradiction avec la description indiquée sur la feuille que vous m'aviez imprimé. J'en prends pour preuve ces deux questions "Etes-vous malléable ?", "Accepteriez-vous de faire des heures supplémentaires ? ". Il n'a pas accepté que je remette en cause sa mauvaise foi concernant la rédaction de son annonce. Disons qu'il vous a envoyé cette lettre par vengeance.

— Ah parce que vous pensez que son entreprise a le temps à cela ?

— Oui. Ça saute aux yeux.

— Vous insinuez quoi ? Que je suis une imbécile ? Je vous demanderai de changer de ton, surtout qu'à la suite de cette lettre que vous semblez prendre à la légère, vous risquez d'être radié et en conséquence, de ne plus être indemnisé. Donc, je serais à votre place, je la jouerais plutôt profil bas.

— Eh bien, si vous préférez croire cette personne malhonnête, vous n'avez qu'à procéder à la radiation, je me débrouillerai par moi-même. De toute façon, je suis habitué. Si vous n'avez plus rien d'autre à me dire, je vous souhaite Mademoiselle une bonne journée.

— Si, une dernière chose, je vous avertis que votre cas est en délibéré et une enquête est lancée. D'ici là, restez tranquille !

— J'ai bien compris, je ne suis pas sourd, merci et Bonne journée.

Roger Motillon, Pierre Fields, Alexandra Bertier

Le 5 juillet 1995, Montpellier

D'autres entretiens entre temps s'étaient soldés par la même lettre de la part de la société de Roger Motillon. Plusieurs demandeurs d'emploi avaient même failli, lors de l'entretien, en venir aux mains. Un était même allé jusqu'à porter plainte pour demander réparation pour le préjudice subi. Une commission se réunit et, devant les nombreux cas, diligenta une enquête plus approfondie de l'entreprise. Elle envoyait un collaborateur passer l'entretien sous couvert d'anonymat pour constater les faits que tous les chercheurs d'emploi lui reprochaient. Le rapport en retour fut sans ambiguïté. Roger Motillon lui avait posé les mêmes questions cyniques avec ce même ton méprisant. Le doute n'était donc plus permis. La commission trancha. Roger Motillon fut convoqué à la chambre du commerce où le directeur lui expliqua clairement que ses pratiques étaient totalement inacceptables, à la limite du pénal, et que cet épisode fâcheux pourrait nuire gravement à la réputation de son entreprise. Roger Motillon indiqua au directeur qu'il avait reçu le message 5 sur 5 et que ce type de pratique ne se reproduirait plus. La commission me réintégra sur le champ dans mes droits et demanda à ce que Roger Motillon écrive une lettre d'excuse à ma conseillère pour régulariser ma situation.

Le lendemain, Alexandra, de retour au bureau, reçut comme convenu la lettre de Roger Motillon. Elle décida d'aller m'annoncer la nouvelle en personne.

J'étais allongé sur son lit à moitié endormi. Les journées à attendre me paraissaient vraiment une éternité. Quand quelqu'un frappa à la porte, je crus sur le coup que ce n'était pas à la mienne mais celle de mon voisin. Mais le bruit se répéta. J'émergeai alors de mon sommeil, me dirigeai vers la porte et l'entrouvris. Je fus surpris de voir Alexandra juste derrière. Je voulus la refermer par colère mais devant son regard de chien battu, je la laissai entrer.

— Mme Bertier, que me vaut cette visite impromptue ?

Elle paraissait si mal à l'aise que je n'insistai pas plus.

— Je voulais vous informer que vos droits ont été rétablis suite à une enquête qui a prouvé vos dires. Je tenais à venir m'excuser d'avoir douté de vous et de vous avoir parlé de la sorte.

Elle avait l'air si fragile qu'il m'était impossible de lui en vouloir.

— Rassurez-vous tout le monde peut faire des erreurs. Au moins, vous avez la courtoisie et la gentillesse de vous déplacer pour vous excuser. Pour cela, je peux vous inviter à boire un verre avant que vous ne repartiez. A moins que vous n'ayez quelqu'un qui vous attend.

— D'accord, mais pas très longtemps. Je ne suis effectivement pas seule, dit-elle d'une voix tremblante. J'ai un compagnon qui s'appelle Jack mais pour me faire pardonner, je peux tout de même vous accorder de mon temps.

Elle repartit une heure plus tard.

Depuis l'épisode de la réconciliation à l'hôtel, Alexandra et moi étions devenus très proches et nous avions décidé de nous voir régulièrement. Nous nous étions découvert des points communs que nous souhaitions approfondir. Las de la vie qu'elle menait avec Jack, elle avait même décidé de rompre et se laissait un temps pour savoir si elle avait fait le bon choix de m'accorder ma chance. Jack, de son côté, soupçonnait sa compagne depuis un certain temps, en raison de ses absences répétées le soir après le travail, d'avoir fait la connaissance de quelqu'un d'autre. Il lui faisait des scènes tous les soirs. La situation devenait invivable. Jack était d'une jalousie maladive et ne supportait pas qu'un autre homme que lui ne la touche. Il lui pompait toute son énergie. A force de vivre sous oxygène, Alexandra finit par craquer un soir et par lui dire ses quatre vérités. Il tomba des nues devant l'aplomb face à lui dont elle avait fait preuve. Il se rendit compte qu'il ne la connaissait que superficiellement et qu'ils étaient devenus de parfaits étrangers l'un pour l'autre. Elle fit le soir même sa valise et alla loger chez une amie, le temps que les choses se stabilisent.

8 h : Depuis l'épisode avec la société EDULCO, les choses avaient évolué et le travail m'attendait. Il était situé dans le même quartier où j'avais effectué le premier

entretien. Ce n'était pas franchement étonnant. Visiblement l'employeur était plutôt conciliant. La simple lecture de mon CV lui avait suffi pour m'embaucher. Il s'agissait d'un poste de vendeur au rayon informatique d'une enseigne d'un grand magasin qui avait pignon sur rue. La veille, le directeur, M. Alexandre Delvois, m'avait accordé quelques minutes pour me faire une brève présentation du poste, m'indiquer les termes du contrat et parapher et signer ce dernier. Il en avait aussi profité pour me faire faire le tour du propriétaire et me présenter l'équipe actuellement en place dont Kévin Granger était le manager. La clientèle était hétéroclite, composée de familles qui venaient faire leurs courses et en profitaient au passage pour aller admirer les nouveautés technologiques au rayon informatique. Notre mission... leur vendre du rêve. Les cibles privilégiées étaient les ados qui étaient friands de ces nouvelles technologies. Le nouveau jeu à la mode nécessitant une machine toujours plus puissante toujours plus chère.

L'équipe au rayon informatique était composée de cinq personnes. Pourquoi cinq ? Le chef d'équipe Kévin Granger avançait ce chiffre en le justifiant par ces douces paroles : parce qu'un mois compte quatre semaines et donc quatre personnes étaient nécessaires pour assurer le service, plus une en cas d'absence. Il n'y avait là-dedans aucune logique. Je ne comprenais rien. A aucun moment, il ne me présenta la compétence de chacun des membres de son équipe. A l'écouter, vendre du matériel informatique, c'était comme vendre du poisson à la criée. Il fallait faire preuve de gouaille et de persévérance. Autour de lui, gravitaient ses fidèles premières classes,

Sylvain, Mathieu et Paul. Disons-le tout de suite, je faisais le cinquième. Dans un langage un peu moins fleuri, j'assurerais le peu envieux rôle de bouche-trou de service. Après les présentations, j'essayai de leur tirer les vers du nez pour savoir s'il s'agissait d'une création ou d'un renouvellement de poste. Mais personne ne pipa mot. Ils avaient sans doute reçu des consignes de ne rien divulguer. Ce sont des pratiques courantes dans le monde de l'entreprise, cacher pour mieux entourlouper. Je ne fus donc pas franchement surpris par leur non-réponse. Mais leur silence avait valeur d'approbation. Au fond, Alexandre Delvois m'accordait cette chance de pouvoir travailler. Après tous mes déboires, je n'allais quand même pas cracher dans la soupe. Je pris sur moi pour leur laisser le bénéfice du doute et volontairement refuser de juger un travail que je ne connaissais pas. Ma raison m'ordonna de ne surtout pas commencer sur une fausse note en me faisant cataloguer de rebelle ou, pire, avoir une attitude qui aurait pu être assimilée d'emblée à de l'arrogance. Je gardais aussi à l'esprit que ce travail allait enfin me permettre de me racheter un téléphone portable et un forfait.

Kévin avait environ trente-cinq ans. Plutôt beau, brun cheveux courts, dans les 1,80 m, les yeux marron brillants avec le teint légèrement bruni. Pas de doute, il était taillé pour ce job. Il avait la prestance qui, si j'avais été client, inspirait confiance. Il avait aussi pour lui le verbe qu'il avait dû affuter au fil des années. Toute son équipe le respectait et gare à celui qui osait le critiquer. Oui, il avait ce côté autoritaire nécessaire pour ce genre de poste… sans toutefois en abuser. Il était père de deux enfants en bas âge et marié depuis peu. Il venait d'ailleurs de faire construire une belle maison sur les hauteurs de la ville. Une petite villa de 130 mètres carrés avec un jardin où il comptait bien ajouter une grande piscine qu'il aimerait à exhiber. Sa femme travaillait dans l'assurance et avait pris un congé maladie suite à un problème de santé.

Le magasin était ouvert six voire sept jours sur sept selon les dérogations. C'était un lieu de promenade, la sortie dominicale pour ceux qui ne pouvaient se payer le luxe de voyager. La plupart du temps, ils n'achetaient rien, ils venaient déambuler à travers les rayons. Ça courait, ça piaillait dans tout le magasin. Le dimanche était un jour comme un autre, mêmes heures.

Enfin, 7 h 30, comme tous les jours, il fallait aller au vestiaire se mettre en tenue de combat. Une tenue réglementaire unique composée d'un pantalon chemise et veste bleue avec l'écusson dans le dos de l'enseigne et marqué d'un "A votre service". Un peu la version moderne de l'homme sandwich en plus stylé, plus *in*. Une façon de se fondre dans le moule de la normalité. Pas si évident à respecter au premier abord pour un type comme moi. Mais on s'y fait vite au contact de ses collègues. Cela ne m'avait nécessité que quelques jours d'apprentissage.

Je ne pouvais pas me plaindre, j'avais trouvé un vrai travail, j'allais pouvoir enfin souffler. J'observais mes collègues courir au-devant du client. Ils s'activaient grave, ça serait bientôt mon tour. Il fallait faire ses preuves. Ils avaient soif. Leur motivation, la prime de fin d'année. C'était le nerf de la guerre, comme tout le monde…

l'argent. On pouvait lire dans leurs yeux l'instinct du chasseur, le regard du tueur.

Dans le lot du train-train quotidien, le rituel matinal, les tableaux étaient affichés dans la salle de repos, dans les couloirs aussi pour sensibiliser continuellement chaque vendeur, chaque équipe de ses performances. La direction mettait un point d'honneur à mettre en avant les meilleurs d'entre eux, sans oublier de mentionner les plus mauvais, une forme de discrimination qui ne portait pas son nom. Ça affichait du tableau, du PowerPoint, du fichier Excel, du diagramme en barre, en camembert toujours plus haut en couleur. Tous représentaient à la virgule près l'absolue nécessité de vendre toujours plus, d'aboutir à toujours plus de rentabilité, le mot est lâché. Kévin faisait un point chaque semaine avec chacun d'entre nous. Son mot d'ordre : appâter le client, le faire dépenser toujours plus. Une réunion par semaine fixait des objectifs toujours plus hauts, toujours plus forts, toujours plus inaccessibles. Il épluchait les performances de chacun, stigmatisant au passage les moins productifs par quelques mots bien placés, sans toutefois désigner l'intéressé mais celui qui était visé avait parfaitement compris le message. Tu vends ou tu dégages ! D'un seul coup, le ton se montrait moins cordial. Le commerce est un monde sans pitié, comme bien d'autres secteurs d'emploi. Les journées étaient dures, à rallonge, mais j'avais réussi à m'intégrer, à suivre le rythme, aucune fausse note… du moins pour l'instant.

Le 16 janvier 1996, Strasbourg

Arnaud avait continué son petit bout de chemin à l'ENA. Il avait brillamment terminé ses deux années. La soirée de remise des diplômes approchait à grand pas, couronnant ces deux années qui venaient de s'écouler. Elle s'annonçait sous les meilleurs auspices, l'occasion au passage pour chacun de s'habiller sur son trente-et-un. Nos parents avaient reçu quelques semaines plus tôt une invitation. Arnaud était en costume cravate, un vrai premier de la classe. Il paraissait bien plus sûr de lui, totalement intégré au milieu de tout ce petit monde qui semblait à papa et maman parfaitement étranger.

La remise des prix commença. Les pensionnaires montèrent chacun leur tour, recevant le précieux sésame qui leur ouvrirait les portes de la réussite de leur future carrière. Mon frère Arnaud passa le dernier. Au début, mes parents ne comprenaient pas pourquoi ; était-ce le cancre de la promo ? Mais non. La surprise fut grande quand le directeur lui remit en main propre le diplôme avec les félicitations du jury.

Ma mère pleura en le voyant recevoir cette distinction. Il avait travaillé comme un acharné et recevait le fruit de ce dur labeur. Il vint les retrouver et ils le félicitèrent chaudement. Cela faisait un long moment que nos parents et lui ne s'étaient vus.

Arnaud les présenta à ses professeurs et ses camarades de classe dont les fameux Julien, Steeve et Xavier. Tous trois avaient l'air d'être des jeunes gens bien élevés. La soirée continua entrecoupée de serrage de main, de petits fours et de champagne. Puis chacun partit de son côté.

Arnaud avait oublié de leur dire au passage que l'ENA réservait généralement des opportunités intéressantes au major de la promotion.

Ainsi, il avait reçu plusieurs propositions d'entreprises intéressées par son profil. L'une d'entre elles avait retenu son attention et il comptait saisir l'opportunité.

Il gardait pour lui, le temps de la soirée, le fait que ce poste se situait à la City à Londres.

Dans la voiture, l'ambiance était au beau fixe. Une fois la porte fermée, Arnaud prit nos parents à part et leur avoua qu'il avait une nouvelle importante à leur annoncer : quitter la maison pour partir à Londres exercer ses talents. Maman accusa le coup puis lui exprima toute sa fierté qu'il ait trouvé un travail si vite et si important. Au fond d'elle, elle savait dès le début que ce genre d'études déboucherait inévitablement sur un départ à l'étranger.

Et dans le domaine dans lequel il avait choisi, la finance, la Bourse, l'une des destinations principales était Londres.

Il avait hâte de se frotter au gratin de la finance et d'exercer son art. Apprendre les ficelles du métier.

Le 5 février 1996, Londres

La banque l'accueillait avec les honneurs. Londres savait mettre les petits plats dans les grands pour attirer les jeunes talents français. Les Français étaient chouchoutés car ils étaient réputés pour avoir reçu une formation d'excellence qui les prédestinait à ce genre de poste.

Elle savait aussi faire miroiter des salaires à plusieurs zéro qui avaient vite fait de monter à la tête de jeunes fraichement diplômés. Ainsi, les étudiants issus de cette école subventionnée par l'État en grande partie, finissaient gratuitement entre les mains de ces entreprises sans scrupules. Ce fut la première leçon qu'Arnaud apprit de ce monde financier. No deal no patrie.

La première semaine, Arnaud commença par la découverte de son espace de travail. Un bureau d'une taille impressionnante, une cafétéria, une salle de sport toute neuve. Tout était pensé pour que l'employé se sente le mieux possible afin qu'il puisse se consacrer corps et âme à sa tâche... À l'entreprise. L'emprise était telle que certains n'hésitaient pas à y passer une partie de leur week-end.

L'entreprise s'occupait même des démarches administratives pour lui. Elle lui proposa par l'intermédiaire de son réseau un vaste choix d'appartements à louer, dans lequel il pourrait emménager au moment désiré en toute sérénité. Arnaud prit ce geste pour une preuve d'amour. L'entreprise le considérait un peu plus qu'un de ses employés, comme l'un de ses enfants regroupés au sein d'une même équipe. C'était du communisme populaire. On lui déroulait le tapis rouge, il n'allait pas se priver d'en profiter. Le gâteau était énorme, il pouvait bien s'en servir une part.

Il avait 23 ans, était célibataire, la jeunesse rêvée pour un tel poste.

On lui laissait la responsabilité de gérer des comptes de plusieurs millions. Pour le simple mortel, la tâche aurait été insurmontable, mais pour lui, cela ne semblait n'être qu'une simple formalité. Sa formation l'avait préparé à surmonter ce genre de situation. Il avait pris cette assurance. Dès sa première réunion, il s'affirmait comme un pilier de l'équipe, un leader-né que personne n'osait contester. Barbara Witt sa directrice ne s'y était pas trompée et le confirma dans ce poste au cours de cette réunion. Bien d'autres avant lui s'y étaient cassé les dents. Mais il comprenait vite les mécanismes qui lui permettraient de faire du rendement. Les ordres glissaient entre ses mains comme les cartes d'un magicien. D'ailleurs dans l'auditoire du marché, on l'appela très vite "le Magicien", un surnom qu'il avait acquis en battant le record du plus gros placement du plateau. Un surnom qui lui allait comme un gant. Au fil des semaines, son talent s'affirma, il s'était fait son trou et une solide réputation. Plus les journées passaient, plus il prenait goût et assurance pour manipuler tous ces millions. Son travail, c'était sa drogue.

Tous les jeudis de chaque semaine, mes parents et Arnaud étaient convenus que, chacun leur tour, ils s'appelleraient pour prendre des nouvelles. Il passait des longs moments à leur expliquer comment il faisait fructifier l'argent. A la longue, nos parents finissaient par comprendre aussi les finesses de son métier. Il leur racontait la taille de son appartement, sa directrice Barbara Witt qui ne jurait que par lui. Maman développait une forme de jalousie qu'elle essayait de dissimuler. Elle était néanmoins heureuse de sa réussite et d'entendre le son de sa voix à des kilomètres de sa maison.

Arnaud réussissait de gros coups. La fin d'année promettait un bel intéressement qui avoisinerait les 50 000 euros sans compter les bonus. Avec son salaire, il avait quitté la location et franchit le pas de l'achat d'un appartement situé dans un des plus beaux quartiers de Londres, la City. L'appartement mesurait à peu près 80 mètres carrés. C'était une belle surface pour ce quartier huppé. Il en profita pour inviter les parents à venir passer à week-end à Londres. C'est à cette occasion que maman mentit pour la toute première fois à Arnaud. Elle se refusait à lui annoncer que j'étais parti depuis de la maison, fâché.

Pierre Fields, Alexandre Delvois, Kévin Granger

Le 13 mars 1997, Montpellier

J'attaquais une nouvelle semaine de travail. Elle débuta par une réunion, il manquait une tête, une autre l'avait remplacée. C'était le turn-over comme Kévin Granger aimait le répéter. La réunion ne s'éternisa pas. A la fin, il me prit à part et direction la machine à café… le café de la mort comme on l'appelait. Il me fit part de son étonnement. Il avait remarqué que mes chiffres s'inscrivaient toujours parfaitement dans la moyenne. Il m'interrogea sur la raison de cette coïncidence. Il avait compris que je jonglais entre le mot moyen, l'expérience sans doute. Il me glissa un sourire en coin suivi d'un : « Ça serait bien que tu participes davantage à l'augmentation du chiffre ! ». Une façon à peine masquée de m'intimider.

— Tu peux retourner à ton travail ! me dit-il. Je compte sur toi samedi !

Nous étions vendredi, j'avais d'autres rendez-vous de prévus, d'autres activités. J'avais peut-être, contrairement à lui, une vie sociale après le travail.

Lundi. Retour au travail. J'avais passé un agréable week-end entre ciné et sorties culturelles. Alexandre Delvois me convoqua au bureau.

— Fermez la porte !! me dit-il et non "ferme la porte". Vous n'êtes pas venu samedi ?

Il installait une distance entre lui et moi avec ce "vous". Tout est une question d'article. Cela me surprit, je ne compris pas son ton soudainement grave.

— Vous n'aimez pas le travail d'équipe ? me lança-t-il.

— Si, pourquoi me dis-tu cela ?

— Non, c'est : "dites-vous". Vous souhaitez rester au sein de notre entreprise ? Je vous invite donc à redoubler vos efforts.

Il se positionna derrière moi, fit un geste brusque puis me dit :

— Regardez vos collègues, prenez exemple sur Kevin, un pilier du service. Heureusement qu'il y a des personnes comme lui pour tirer le service vers le haut.

Le réquisitoire était sans appel, j'en pris plein la gueule. Encore plus humiliant en constatant en me retournant que la porte était entrouverte et que tout le monde pouvait profiter de ce passage de savon.

L'embellie avait donc été de courte durée.

Puis le sermon continua de plus belle.

— Kévin n'hésite pas à faire des heures. Il génère du chiffre.

Ah le mot chiffre, je l'entendais à longueur de journée.

Soudain, j'émis un sourire en repensant au Chiffre, personnage mythique financier dans James Bond qui finissait mal. Le directeur le remarqua.

— Monsieur Fields mon discours vous amuse ? Vous le prenez comme ça ! D'accord ! Eh bien, vous venez de gagner une journée de mise à pied.

J'ai eu beau me défendre rien n'y fit.

— N'insistez pas ! Je ne reviendrai pas sur ma décision. Cela vous laissera le temps de réfléchir.

Une heure plus tard, je me dirigeai au vestiaire pour me changer. Les collègues étaient là, pas un mot. On aurait pu entendre une mouche voler. Ils quittèrent la pièce les uns après les autres. Ambiance pourrie garantie. Le reste de la journée fut du même acabit. Le midi, je ressentais encore plus cette mise à l'écart. Ma petite altercation avec le directeur avait fuité. A la pause, en milieu d'après-midi, je pris à part l'un deux, Mathieu.

— Il se passe quoi ? Vous me fuyez tous.

— Pose-toi les bonnes questions, le directeur nous a informés que tu ne souhaitais pas contribuer à la participation de fin d'année.

Je comprenais mieux pourquoi tout le monde était remonté contre moi. L'enfoiré, il m'avait dénigré auprès de tous mes collègues. Plus les jours avançaient, plus personne ne me parlait, je mangeais seul à ma table.

Pierre Fields, Alexandre Delvois, Alexandra Bertier

Le 15 décembre 1997, Montpellier

Plus les jours passaient, plus le climat était délétère. J'en venais le matin à me demander ce que je venais faire au travail... pour gagner de l'argent. Mes résultats d'ailleurs s'en ressentaient depuis quelques semaines et, par conséquent sans surprise, la convocation devenait inévitable. Alexandre me fit appeler une nouvelle fois au bureau... la dernière. Il m'indiqua devant mon manque de motivation et mon comportement que je mettais en péril la dynamique de l'équipe et que je nuisais gravement à l'entreprise. Je l'entends encore dire : « M. Fields, par conséquent, vous êtes licencié pour faute lourde.

— Comment ça faute lourde ?

— M. Fields veuillez sortir de mon bureau. Vous ne faites plus partie de mes effectifs. Ce licenciement prend effet immédiatement.

— Je vous promets que je vais vous envoyer tout droit aux Prud'Hommes.

— Allez-y si cela vous chante, mais sachez avant de lancer la procédure que votre parole ne pèsera pas lourd, qu'elle sera longue et coûteuse et que vous risquez d'être sur la paille. »

Quel enfoiré, il avait déjà tout prévu. Son stratagème était bien rodé. Il connaissait la musique par cœur.

A la suite de ça, je me retrouvais donc sans emploi, sans indemnité et sans un sou.

Les journées passaient et ce qu'Alexandre Delvois m'avait annoncé en partant se réalisait. L'argent ne tombait plus. À deux doigts d'être à la rue. Par dignité, je n'avais pas informé Alexandra de ma situation. Je ne souhaitais pas compliquer une nouvelle fois sa vie et la perturber avec mes tracas. Elle avait déjà, pensais-je, beaucoup de choses à régler dans sa vie. La justice était lente. Je passais mes journées à ressasser cet instant au point à douter de savoir si je n'étais pas finalement coupable. J'en oubliais même les matins de me diriger à la salle de bain pour me coiffer et me raser. J'étais devenu l'ombre de moi-même. Les bars étaient devenus indirectement ma deuxième maison.

Depuis quelques semaines, Alexandra sentait bien que quelque chose avait changé et que j'avais tendance à la négliger.

Pierre Fields, Alexandra Bertier

Le 3 février 1998, Montpellier

Un soir, elle vint me retrouver à l'hôtel pour sortir. Elle frappa à la porte.

— C'est moi Pierre ! C'est Alexandra ! Dit-elle d'une voix enjouée.

J'ouvris la porte. Sa joie retomba en voyant le spectacle pitoyable qui se présentait devant elle.

— Tu empestes l'alcool ! Pierre, je n'ai pas quitté Jack pour retourner avec un alcoolo. Que t'arrive-t-il ?

— Rien.

— Comment ça rien ?

— Non.

Ma réponse était trop évasive. Je ne voulais pas lui avouer que je me retrouvais une nouvelle fois au chômage de peur qu'elle m'assimile à un tir au flanc.

— Tu n'as rien d'autre à me dire ?

— Non, Alexandra pas pour l'instant

— Pourquoi pas pour l'instant ?

— Pour rien.

— Parle-moi, je peux peut-être comprendre et t'aider. Tu ne me fais pas confiance ?

— Si, ce n'est pas cela.

— Alors parle-moi.

— Cela m'est impossible Alexandra, désolé.

— Très bien, dans ce cas, nous nous reverrons quand tu seras sobre. Je te croyais plus mature. Soigne-toi vite et n'essaie pas de me revoir tant que tu ne vas pas mieux. Je crois que, pour l'instant, nous n'avons malheureusement plus rien à nous dire puisque tu ne me fais pas confiance et que tu te fermes à moi. Je te demanderais aussi de supprimer mon numéro de téléphone, s'il te plait.

Elle disparut dans la noirceur de la nuit.

J'hésitai un instant, saisis mon téléphone portable, cliquai sur mon répertoire contacts et fis glisser mon doigt jusqu'à la lettre B de Bertier. Je confirmai par Oui la suppression de son nom comme Alexandra me l'avait demandé expressément.

Pierre Fields, Paulo Carnotti

Le 10 février 1998, Montpellier

Je reprenais peu à peu le goût à la vie. J'avais, à la suite du passage d'Alexandra, prit conscience de l'état de délabrement dans lequel je me trouvais et avais décidé de tout faire pour m'en sortir. Je me levai de bonne heure, me coiffai, me rasai. J'arpentai les rues à la recherche de petits boulots. Au centre-ville, mon regard s'arrêta sur une affiche qui indiquait : Cherche pizzaiolo à temps plein. Je pénétrai à l'intérieur du restaurant à la rencontre de mon, peut-être, futur employeur. Le gérant du magasin me voyant entrer me demanda :

— Oui Monsieur, vous désirez ?

— J'ai vu que vous recherchiez un pizzaiolo.

— Oui effectivement.

— J'aimerais postuler.

— Vous avez un CV, des références ?

— Oui, tenez !

Il parcourut succinctement le CV.

— Beau CV, mais votre dernier emploi est dans l'informatique, et ne correspond en rien à mon offre.

— Je sais. Mais j'ai besoin d'un emploi de toute urgence. Je sais un peu cuisiner, je suis originaire de la Bourgogne et je regardais maman cuisiner et je l'aidais.

— Je vais réfléchir.

Devant mon enthousiasme et ma soif de travailler, le gérant me dit, au moment où j'allais refermer la porte :

— Attendez, je vous prends à l'essai dès demain.

— C'est vrai ?

— Si je vous le dis !

— Merci monsieur.

— Moi, c'est Paulo Carnotti et la personne bien au chaud derrière le fourneau, c'est Etienne, et vous Pierre Fields, c'est bien ça ?

— Oui Monsieur.

— Vous savez, je suis sûr que vous allez bien travailler !

— Pourquoi dites-vous cela ?

— Parce que vous avez le même regard que j'avais à votre âge quand j'avais la hargne de trouver un travail pour m'en sortir. Je sais ce que c'est moi aussi de galérer. Vous avez l'air surpris ? me lança-t-il.

— Disons que je sors d'une expérience avec un patron qui m'a laissé un goût amer.

— Je comprends mais vous savez, nous ne sommes pas tous pareils. C'était sans doute un arriviste de la pire espèce ! Vous savez, vous n'avez pas fini de rencontrer ce genre de personnage. Eh bien, en ce qui concerne votre salaire, c'est payé un peu plus que le SMIC et forcément, dans ce genre d'emploi, nous travaillons aussi les week-ends. Cela ne vous dérange pas ?

— Non.

— Très bien, dans ce cas, je vous souhaite une bonne soirée et à demain 8 h, Pierre.

— A demain.

Le lendemain, chose promise chose due, je me présentais devant le restaurant à 8 h. Etienne m'emmena dans la cuisine où il m'apprit patiemment tout l'art de confectionner une bonne pâte à pizza. En passant, il me fit comprendre qu'en plein été, le four s'avérera être notre pire ennemi. L'ambiance était familiale. Paulo me gardait sous sa coupe. Souvent, il me faisait penser à Georges, avec la même bienveillance. Chaque jour, je venais gagner ma croûte. Paulo n'était pas fou, il savait bien que ce travail ne serait que temporaire, un tremplin pour un autre travail, une autre vie. Mais il ne m'en tenait pas rigueur et continua à m'enseigner son art dans la même bonne humeur. Paulo m'interrogea sur ma précédente expérience. Il m'invita à déposer plainte contre Alexandre Delvois. Il méprisait totalement ce genre de personnage sans scrupule et amoral. Il s'emportait en le traitant de mouton noir de la profession. Une fois que Paulo s'était calmé, je lui indiquai que je n'étais pas parti sans rien de mon ancien travail. J'avais pris soin de poster une lettre à l'inspection du travail.

3 juillet 1998. Année facile à retenir, c'était le mondial de foot organisé par la France.

Arnaud avait beau vivre à Londres, il n'en demeurait pas moins Français. L'événement était planétaire. Avantage de son travail, il avait réussi à obtenir des places pour le match en quart de finale. Il ne savait pas si la France allait y accéder mais il en était persuadé.

Il avait réservé des billets de train Eurostar avec ses collègues pour se rendre à Paris. C'était l'ambiance des grands jours. Comme l'avait prédit Arnaud, la France s'était hissée en quart de finale haut la main contre l'Italie, notre ennemi juré. Contre les Italiens et leur catenaccio, le match risquait d'être une autre paire de manche. A chaque fois que l'équipe de France les avait rencontrés, le score s'était soldé par un match nul ou une défaite, autant dire que le jeu allait être serré. C'était ce qu'on appelait en langage footballistique, notre chat noir.

Mais tout le monde y croyait, ils étaient au Stade de France comme à la maison. Ils accédèrent tranquillement à leurs places qui étaient en tribune VIP. Le champagne coulait à flot. Quelques rangs plus bas, il y avait Michel Platini, son idole. C'était le rêve avant l'heure. Arnaud avait du mal à croire qu'il était assis tout près. La holà montait dans les tribunes du Stade de France à chaque action dangereuse ou chaque attaque française. Les supporters jouaient à fond le rôle du douzième homme. Ce match sentait la poudre. Les tifosis n'étaient pas en reste. L'ambiance était cependant bon enfant ; malgré la rivalité, les supporters étaient venus voir un match, pas se battre. Ils avaient quand même du respect pour ce sport, pour le maillot. Après tout, ce n'était qu'un match, il n'y avait aucune vie en jeu, une simple place en demi-finale et pourquoi ne pas aller au bout, soulever la coupe que le monde entier envie. Les minutes passaient, toujours aucun but. Le stress commençait à monter et parcourrait le stade tout entier. Le match arrivait à son terme, et entrait dans la prolongation de 2 fois 15 min. Les deux équipes s'observaient, aucune ne prit l'initiative d'attaquer au risque de se faire contrer et prendre un but fatidique. Fin des prolongations, toujours zéro à zéro, nous étions comme des dingues. Tout allait se décider aux tirs au but, s'en remettre à la chance. Dans cet exercice, les Italiens avaient clairement le dessus. Autrefois, tout se décidait à pile ou face. Bixente Lizarazu se présenta devant Gianluca Pagliuca qui arrêta son tir. L'Italie se voyait déjà qualifiée et la France, une nouvelle fois éliminée. A son tour, Demetrio Albertini tentait sa chance pour aggraver le score mais Fabien Barthez détourna son tir magistralement. L'espoir changea de camp. Encore un tir et la France était qualifiée. Le stade se mit à trembler, des voix, des cris montaient des tribunes, Luigi Di Biagio s'élança, son ballon heurta la barre transversale et alla s'échouer derrière le but. La France était qualifiée, l'Italie était à terre. Dans l'euphorie, tout le monde s'embrassa, se serra. Les joueurs avaient gagné mais bon ils avaient gagné. Après tout, Arnaud et ses collègues étaient tous

Français. La France noire, blanche, beur avait gagné. Les joueurs communiaient avec leurs supporters. Les gens restèrent au moins 30 min dans le stade à applaudir cet exploit. Cette fois, c'était sûr, plus rien ne pouvait les arrêter. Ils allaient ramener la coupe à la maison. Arnaud, Steeve, Xavier, Alexandre mirent 30 bonnes minutes pour sortir du stade rejoignant le RER B à pied, direction les Champs Elysées pour fêter cette victoire dignement.

L'ivresse de la victoire donne des ailes.

La nuit se poursuivit tard. La bande de joyeux lurons partageait le même enthousiasme de ce cyclone de bonne humeur qui les entourait partout sur les Champs. C'était soudain et ça faisait du bien par ces temps moroses. Tout ceci changeait Arnaud de l'univers feutré qu'il était habitué à côtoyer à longueur de journée et du petit rituel métro boulot dodo. Ici, c'était plutôt détendu, un soupçon moins coincé. Le retour à l'hôtel fut une vraie partie de plaisir. Il n'y avait plus de métro. Leurs montres affichaient 3 h. Tout s'est donc terminé à pied. Heureusement pour eux, à cette époque de l'année, les rues parisiennes dégageaient une chaleur tempérée. Il leur fallait trois quarts d'heure pour rejoindre leur hôtel. Ce n'était rien comparé aux quatre-vingt-dix minutes parcourues par les joueurs sans compter les prolongations. Arrivé à l'hôtel, la douche ne serait pas du luxe. Les habits sentaient le champagne à plein nez. Arnaud s'allongea sur le lit sans s'en apercevoir ses yeux se fermèrent. Des papillons dans la tête, le téléphone sonna, l'accueil l'avertit que le petit déjeuner était prêt. Il avait dormi comme un bébé. Il descendit manger quelques viennoiseries, un jus d'orange et un café. Il ne fallait pas tarder, il fallait prendre le train… reprendre son train-train.

Le train partit… Paris aussi. Londres était en vue.

Arnaud Fields, Xavier Winters, Vanessa Rockwood, Stéphanie Stills

Le 10 octobre 1998, Paris

Arnaud avait rejoint par Eurostar le jour même Xavier sur Paris. Xavier l'avait invité dans une soirée qu'il avait organisée dans un immeuble haussmannien. Il avait mis les petits plats dans les grands. Les serveurs distribuaient petits fours et champagne à volonté. Arnaud n'avait jamais vu autant de costards cravates réunis. Tout faisait tourner la tête et pas uniquement le champagne, les femmes aussi étaient très belles. Xavier fit son discours avec des propositions, beaucoup de propositions complètement démagogiques mais que son auditoire buvait comme du petit lait. Il dégageait une énergie qui hypnotisait la foule tel un serpent. Il avait fait un sacré bout de chemin depuis la dernière fois. Tout le monde le respectait désormais. Il descendit de l'estrade, Arnaud le salua comme il se devait pour sa performance et lui dit :

— Tu n'es pas sérieux ? C'est une arnaque, tu ne penses pas et ne feras pas réellement ce que tu leur as promis ? ».

— Oui je sais, mais l'important c'est qu'eux y croient, lui répondit-il.

Pendant ce temps, les gens l'applaudissaient comme une star. Il y avait une part de cynisme effrayant dans ces dernières paroles auxquelles Arnaud avait du mal à adhérer.

— Arnaud, tu fais bien placer des fonds dont beaucoup servent à exploiter les pauvres, tu spécules et tu n'y vois aucun problème, rétorqua Xavier. Au fond, tu n'es pas si différent de moi. Tout est une question de point de vue. Tout est imbriqué. Dans ce jeu de Lego, il faut juste emboîter les bonnes pièces pour construire un château plutôt qu'un cabanon. Ce sont les riches que j'exploite, ce n'est pas moins honorable que la finance. Je suis sûr que je pourrais trouver une place de choix pour un homme comme toi, penses-y.

Puis Xavier détourna la conversation en lui disant :

— Changeons de sujet, je ne t'ai pas fait venir ici pour te donner des leçons de morale, nous en avons eu assez dans le passé. Viens, je vais te présenter à Vanessa. Tu verras, elle est charmante.

— Vanessa, je te présente Arnaud.

— Enchanté, Arnaud.

Arnaud est un grand ponte de la finance. Arnaud, je te laisse entre de bonnes mains, j'ai d'autres mains à serrer.

Vanessa était une belle blonde cheveux à hauteur d'épaule perchée sur des talons d'une dizaine de centimètres. Pour la soirée, elle portait un pantalon beige avec un petit chemisier rouge. Une vraie working-girl qui ne pouvait laisser indifférent aucun homme. Un léger maquillage, un rouge à lèvre discret complétaient sa mise en valeur et invitait tout naturellement à l'aborder. Elle dégageait de la classe et de l'élégance.

— Alors comme ça, vous êtes un ami de l'ENA de Xavier ? dit-elle.

— Oui, nous nous sommes connus sur les bancs de l'ENA.

— Xavier m'a beaucoup parlé de vous. Il a oublié de me confier que son ami était aussi charmant.

Je rougis.

— Je vous apporte une coupe de champagne ?

— Volontiers, avec plaisir.

A vrai dire, je n'étais pas très fan des blondes mais celle-ci avait un truc en plus. Je lui tendis la coupe. Elle me remercia par un :

— Xavier a aussi omis de me dire qu'il était en plus galant. Ça commence à faire beaucoup de qualités tout ça. Ça vous dirait de nous éclipser un peu au calme de cette soirée un peu trop convenue ?

Elle avait l'air très discrète mais pas la langue dans sa poche.

— Tout à fait d'accord, lui répondis-je. On reprend une coupe, quelques petits fours et on se donne rendez-vous chacun de son côté, sur la terrasse. Autant profiter de la douceur de l'automne et cette propriété semble parfaitement s'y prêter.

Vanessa avait raison le lieu méritait qu'on s'y attarde et d'être apprécié. Cela aurait dommage de rester cloîtré à l'intérieur.

— Arnaud que faites-vous dans la vie ?

— Je travaille dans la finance à Londres.

— A Londres ? Ça fait une belle trotte. Vous ne vous y plaisez plus que vous reveniez dans notre bonne vieille capitale ?

— Non. C'était juste une visite de courtoisie pour voir Xavier.

— Ah bon ! Dommage.

— Et vous Vanessa, que faites-vous dans cette réunion pompeuse ?

— Disons que j'entretiens les relations.

— Ah bon ?

— Le relationnel Arnaud, ça se travaille, ça se façonne pour servir en temps voulu.

Elle était moins bête que je ne le pensais.

— Après, il y a les relations que l'on souhaite conserver en dehors des sphères politico-financières. Celles-ci, mieux vaut les cacher pour éviter que vos adversaires s'en servent.

— Et vous Vanessa, comment avez-vous rencontré Xavier ?

— En fait, Xavier et moi sommes amis depuis l'enfance. Disons que lui a fait l'ENA et moi Polytechnique. On s'en est plutôt bien tiré.

— Et actuellement, tu fais… euh vous faites quoi, excusez-moi.

— Non ce n'est pas grave. J'ai monté ma boîte de conseil. Le conseil c'est important. D'ailleurs, si j'en avais un à vous donner, quand un ami vous tend la main, il faut parfois savoir la saisir dans le bon timing pour mieux rebondir.

— Ah, je reconnais bien là la patte de Xavier. Savoir envoyer la cavalerie en avant-garde. Remarquez, ça ne doit pas être déplaisant d'être votre victime.

— Je vous remercie du compliment, me dit-elle en riant et vous êtes un des rares à m'avoir fait rire. C'est un bon début.

Nos situations sociales n'étaient pas si éloignées. Xavier nous rejoignit quelques minutes plus tard.

— Alors Vanessa, que penses-tu de mon futur directeur de campagne ? lança-t-il.

Vanessa me regarda.

— S'il est aussi efficace que charmant, nul doute que tu vas gagner.

— J'y compte bien.

— Arnaud, je vais devoir vous quitter à regret, s'excusa Vanessa. J'ai une réunion importante demain matin de bonne heure. J'ai été ravi de faire votre connaissance, au plaisir de vous revoir.

Elle avait cette assurance qui ferait pâlir plus d'un homme et plus d'une femme.

— Réfléchissez à sa proposition, la nuit porte conseil. Paris est une belle ville et ses habitantes aussi, me murmura-t-elle.

Elle posa son verre sur le comptoir puis embrassa chaleureusement Xavier avant de se diriger vers la sortie. Je me surpris un instant à m'abandonner à un sentiment d'envie de la posséder, d'être à la place des joues de Xavier. Je ne sais pas ce qui m'a retenu de la suivre. Il fallait que j'ôte ce sentiment de mon esprit. Xavier revint vers moi.

— Alors cette soirée, intéressante n'est-ce pas ?

— Tu parles de quoi ?

Il sourit.

— Tu veux dire de qui ? Tu sais, la belle blonde avec qui tu as parlé toute la soirée en m'ignorant. Je t'avais bien dit qu'elle était charmante.

— Dis-moi Xavier, pourquoi n'êtes-vous pas ensemble ?

— Trop compliqué à t'expliquer, ça n'aurait pas collé.

— Pourquoi ?

— Parfois l'ambition n'est pas bonne conseillère. Disons qu'elle a vue juste en moi.

— Tu veux dire quoi ?

— Je t'expliquerais peut-être un jour, c'est du passé. Aujourd'hui, j'ai ma femme Stéphanie et je ne suis plus un cœur à prendre.

J'avais le sentiment qu'il me cachait la vérité mais après tout, je n'avais pas à m'immiscer dans sa vie privée. Stéphanie et lui avaient l'air d'être un couple très soudé. Stéphanie n'avait d'ailleurs rien à envier à Vanessa. C'était une femme tout aussi sublime qui soutenait facilement la comparaison.

Arnaud avait fini par accepter la proposition de Xavier et le rejoignit comme directeur de campagne.

— Arnaud, quels sont les sondages ce matin ?

— Tu remontes doucement mais c'est insuffisant pour espérer l'emporter dans 2 mois.

— J'ai pourtant tout essayé, serré des mains en veux-tu en voilà, démarché les électeurs en porte à porte.

— Ne t'inquiète pas, tu vas remonter.

— Excuse-moi mais tu m'as l'air bien optimiste, je ne vois pas trop, à 2 mois de l'élection avec des finances quasiment épuisées, comment cela serait possible. J'ai négligé l'implantation sociale de mon adversaire.

— Ne t'inquiète pas Xavier et évite d'attaquer ton adversaire frontalement, ça te dessert. C'est un vieux de la vieille, il connait toutes les ficelles de la politique. Repose-toi pour la suite.

— Comment ça pour la suite ? Je suis très loin dans les sondages et tu me parles déjà de la suite.

— Oui, tu seras élu !

— Tu es fou ou suicidaire ! Arnaud rigola.

— Sur ce, Xavier, j'ai un rendez-vous.

— Avec Vanessa ?

— En plein dans le mille.

— Et c'est comme ça que tu t'occupes de ma campagne.

— Allez Xavier, vas plutôt rejoindre Stéphanie avant de dire des bêtises et occupe-toi plutôt d'elle. Passe une bonne soirée. Xavier était complètement déstabilisé par ce qu'il venait d'entendre.

Xavier s'exécuta et rentra chez lui.

— Stéphanie, tu connais la meilleure ? Je crois qu'Arnaud est complètement à l'ouest.

— Ah bon ! lui répondit-elle.

— Je suis à 10 points de moins que mon adversaire à 2 mois de l'élection et il m'annonce que je vais gagner. Il est complètement givré ou il se moque de moi. Le pire c'est qu'à l'écouter, il a l'air persuadé à cent pour cent et pour couronner le tout, il fait des heures supplémentaires avec Vanessa.

— C'est vrai que l'autre soir, j'ai bien remarqué que Vanessa avait jeté son dévolu sur Arnaud et qu'elle aimerait bien lui mettre le grappin dessus, s'exclama Stéphanie. Tu ne serais quand même pas jaloux ?

— Moi jaloux, ça ne va pas.

— Disons que toi et Vanessa, vous vous connaissez depuis un bail.

— Non, mais c'est du passé.

— Moi je trouve qu'Arnaud a apporté un coup de peps, un coup de jeune à ta campagne. C'est bien ce que tu recherchais ?

— C'est sympa, dis tout de suite que je suis vieux !

— Mais non, ce soir tu prends tout au pied de la lettre, quelle susceptibilité ! Non, il apporte des idées nouvelles qui germent, il faut juste faire preuve de patience, les laisser pousser et tu récolteras leur fruit.

— Oui, disons qu'on est début mars et que la récolte est en mai, répliqua Xavier. Il va falloir beaucoup d'eau et de soleil.

— Pas forcément.

— Comment ça !

— Il suffit que le champ en face pourrisse.

— Attends, je ne comprends pas.

— Non laisse. Allons plutôt passer une bonne soirée dans un bon restaurant que j'ai réservé.

— Oui, tu as raison, la journée a été éprouvante, allons-nous détendre.

Alexandre Delvois

Le 1er octobre 1999, Montpellier

1ère visite de l'inspection du travail.

Pierre n'était pas parti sans rien. Il n'avait pas supporté d'être licencié sans raison. Sur un coup de sang, il avait rédigé une lettre salée à l'inspection du travail.

L'ordinateur de l'inspection avait ressorti le nom d'Alexandre Delvois. Son nom était remonté en rouge dans la liste des personnes ayant le plus de procédures en cours. Un inspecteur du travail avait donc été mandaté en urgence. Alexandre Delvois était, ce qu'appelait dans le jargon du service d'inspection, un bon client.

L'inspecteur se présenta à l'ouverture du magasin à 9 h. C'était un jeune homme d'une trentaine d'années, loin des clichés, homme petit, dégarni, lunettes, le regard sérieux, gabardine noire ou beige et pantalon noir. Il demanda expressément à voir le directeur. L'employé paniqué hésita mais devant l'insistance de l'inspecteur, accéda à sa demande. L'inspecteur lui lança pour lui forcer la main : « Monsieur, je suis l'inspecteur du travail. Veuillez me conduire immédiatement auprès d'Alexandre Delvois. »

Il frappa à la porte avec insistance.

— Entrez !!

— Monsieur Delvois, je me présente je fais partie de l'inspection du travail. Je venais vous informer qu'une inspection a été diligentée suite à un dépôt de plainte d'un de vos anciens employés. Notre service nous a par ailleurs signalé que votre nom apparaissait dans notre fichier de bon client.

— Comment ça "bon client" ?

— C'est un jargon qui signifie que vous êtes parmi les dirigeants comportant le plus de plaintes enregistrées. Dans ce cas, nous avons l'obligation de vérifier les dire de ces personnes et de faire un rapport, qui sera ensuite transmis au service juridique qui actera des suites à donner. Dans votre cas, il s'agit pour l'instant d'une visite tout ce qu'il y a de plus conventionnel. Je vais donc procéder pendant toute cette journée à la visite de votre magasin et certainement interroger une partie de vos employés.

— Mais… mais… je n'ai pas été informé de votre visite.

— Nous n'avons pas besoin de vous informer. Vous avez des choses à vous reprocher ?

— Non !!

— Dans ce cas, vous n'avez pas de soucis à vous faire. Ce sera un contrôle de routine, rien de plus. Je demanderais à votre secrétariat de me faire parvenir les dossiers de tous les noms indiqués dans la liste dans les plus brefs délais.

— Oui... Oui… vous aurez cela. Mademoiselle, veuillez fournir à Monsieur les documents demandés. Ne vous inquiétez pas, repassez en fin de matinée et vous aurez vos documents.

Alexandre Delvois était pour une fois dans ses petits souliers. Il avait perdu son sourire narquois qu'il aimait arborer devant ses employés. Les mouches, d'un coup, avait changé d'âne.

Le 13 mars 2000, Montpellier

Cela faisait un peu moins de 2 ans que j'avais été licencié. Alexandre Delvois, malgré le passage de l'inspecteur du travail n'avait pas changé de comportement. Malgré l'insistance de Kévin, il n'avait pas procédé non plus à mon remplacement et il lui avoua en pleine réunion que, pour l'instant, aucun recrutement supplémentaire n'était envisagé. Alexandre argumenta en exhibant devant l'équipe mes mauvais chiffres, en trompe l'œil. Seulement, comme le fit remarquer fort justement Kévin, j'étais à l'époque là pour faire le cinquième homme ce qui ne manqua pas d'irriter Alexandre qui lui répondit sèchement :

— M. Granger, comme moi, je pense que vous avez une femme et des gosses à nourrir, voire un crédit de maison à payer ? Alors laissez au placard ce genre de remarque parfaitement déplacée.

Kévin accusa le coup suite à cette remontrance qui, devant toute son équipe, le mettait en porte-à-faux. Il baissa le ton et courba l'échine. Alexandre avait visé juste, en plein là où ça faisait mal. Kévin ne pouvait pas se permettre de perdre son job dans de telles circonstances et retourna au travail sans dire mot. Son équipe le suivit et enchaîna les heures de travail pour maintenir les chiffres demandés... ce qu'ils arrivèrent à réaliser mais au prix de quels efforts. Ils finissaient le travail le soir complètement rincés. La fatigue se lisait invariablement sur leur visage beaucoup moins joyeux qu'auparavant envers les clients. La dynamique de la gagne s'estompait. L'équipe demeurait pourtant soudée.

Xavier Winters, Arnaud Fields

Le 6 mai 2001, Paris

Par cette belle soirée début mai, Arnaud et Xavier étaient rassemblés au QG. Le décompte commença. Cinq quatre trois deux un. Xavier avait remporté haut la main l'élection. Le score était sans appel 70 contre 30 %. Arnaud vint le féliciter, Stéphanie aussi. Les électeurs scandaient son nom partout dans la salle. « Un discours ! Un discours ! » montait du fond de la salle.

Xavier commença par ces quelques mots.

— Il y a des belles victoires et d'autres qui laissent un sentiment amer.

Tout le monde était surpris dans le contexte actuel au regard de l'ampleur de la victoire. Les gens dans l'assemblée n'y comprenaient plus rien et en venaient même à se poser des questions. Un électeur dehors cria : « ASSASSIN !! » qui résonna dans toute la pièce. Tout le monde l'invectiva. Pourtant au fond, Xavier savait qu'il ne devait pas avoir complètement tort. Comment se satisfaire d'une victoire à la Pyrrhus ? La pilule avait du mal à passer. Il descendit de son perchoir, fendit la foule dense. Les gens encore dubitatifs quant à son discours plus proche de celui du perdant, ne lui en tinrent pourtant pas rigueur, ils l'embrassaient chaudement. Après tout, une des mairies les plus convoitées de la capitale était tombée entre ses mains. Il s'effaça quelques minutes dans son bureau. Stéphanie balaya la salle du regard sans le trouver puis demanda à Arnaud :

— Tu as vu Xavier ? Tout le monde le cherche, les journalistes sont arrivés et souhaitent l'interviewer.

Arnaud scruta la salle à son tour. Il remarqua qu'il y avait de la lumière sous la porte de son bureau. Il entrouvrit la porte.

— Tu fais quoi là Xavier? Tout le monde t'attend. C'est ton jour de gloire.

Xavier lui répondit sèchement :

— Parce que tu appelles ça un jour de gloire ! Tu n'as pas l'impression qu'il m'a été volé ?

— Mais non, ôte-toi cette idée de la tête. Ce n'est quand même pas de ta faute si ton concurrent s'est disqualifié tout seul. Il s'est pris les pieds dans le tapis, c'est tout.

— Je trouve Arnaud que tu ne manques pas d'humour. Je me demande quelle serait ta réaction si tu te trouvais dans ma position.

— Tu te poses bien trop de questions mon cher Xavier. Stéphanie et les journalises t'attendent pour la photo souvenir. Ça serait triste qu'elle pose seule et tes électeurs ne comprendraient pas.

— Merci Arnaud tu es un vrai ami. Tu es quelqu'un sur qui on peut compter.

Xavier se leva et se dirigea vers Stéphanie comme si de rien n'était. Arnaud avait su trouver les mots justes pour le rassurer. Il savait d'ailleurs toujours trouver les mots pour rassurer les autres.

Kévin avait de plus en plus de mal à se lever. Il rentrait de plus en plus tard du travail. Sa femme Lisa commençait à se fait du souci pour son mari. Entre le matin où il partait aux aurores et le soir où il rentrait à l'aube, ils ne se voyaient plus. Elle se surprenait même un court instant à imaginer qu'ils devenaient de simples étrangers. Pire, ses deux enfants commençaient à le réclamer. Un soir, Lisa le prit à part dans la cuisine et lui dit que cette vie ne pouvait plus durer. Elle lui assena le coup de grâce en lui disant haut et fort :

— Tu es en train de rater toute l'enfance de tes deux enfants !

— Je sais, mais que veux-tu que j'y fasse, il nous faut bien de l'argent pour nourrir la famille et payer les traites de la maison. Si tu as une autre solution, présente-la-moi tout de suite.

Ils allèrent tous les deux se coucher séparément. Kévin ouvrit la porte de la chambre de ses deux enfants et alla leur faire une bise sur le front. L'un deux ouvrit les yeux et dit :

— Dis papa, c'est quand que tu restes plus longtemps avec nous ?

Kévin retourna dormir sur le canapé, une larme à l'œil.

Le lendemain 6 h. Kévin partit comme ces derniers jours aux aurores pour rejoindre le premier le magasin. Il se balada dans la salle de réunion, inspecta les chiffres. Il s'aperçut vite qu'ils n'étaient pas bons et qu'il restait pas mal de chemin à faire pour réaliser les objectifs… et qu'il ne les atteindrait jamais. Il ouvrit son casier, s'habilla avec la tenue du magasin. Il fixa le miroir accroché à la porte de son casier pour se recoiffer et baissa la tête pour admirer le portrait de ses deux enfants et de sa femme Lisa. Puis, il continua son chemin jusqu'à la réserve.

7 h 55. Mathieu arrivait pour une fois le premier, un peu en avance. La porte du vestiaire était déjà ouverte et la lumière encore allumée. Il ne s'étonna pas. Depuis quelques jours, il avait remarqué que Kévin était présent bien avant lui. Il s'habilla, prit un café au distributeur mais s'étonna de ne voir personne. Les autres jours, Kévin avait pour habitude de se rendre au café pour taper la discussion avec lui. Mathieu, devant le silence, se balada à travers les rayons puis remarqua une lumière dans la réserve. Il s'y rendit, appuya sur le bouton de la porte coulissante et cria :

— Kévin, tu es là ?

Aucune réponse. Dans le doute, il avança dans le fond de la pièce. Soudain, une vision d'horreur apparut devant lui. Kévin était pendu à une des cordes qui servaient à ficeler les colis. Il se précipita pour lui porter secours. Kévin avait le visage blanc. Il lui tenait les jambes bien droites avec ses deux mains et le leva pour mettre ses pieds sur ses épaules afin de libérer la tension de la corde sur son cou et refaire circuler le sang.

8 h 15, c'était l'heure des déchargements de marchandises. L'employé dédié rejoignit la réserve et devant la scène, accourut aider Mathieu à descendre Kévin. Ils l'allongèrent sur le sol en PLS pour lui libérer les voies respiratoires. Mathieu tâta le pouls qui était présent mais très faible. L'autre employé appela ambulances et pompiers. Quelques minutes plus tard, les secours arrivèrent à grands coups de gyrophares. Le magasin était en train d'ouvrir. Ils se frayèrent un chemin à travers les clients qui ne comprenaient pas ce qu'il se passait. Un ambulancier plaça le masque à oxygène sur le nez de Kévin qui reprit progressivement des couleurs. Son pouls augmenta sensiblement ainsi que son rythme cardiaque. Entre temps, Mathieu avait demandé aux urgentistes de faire prévenir sa femme de l'incident, en lui indiquant l'état rassurant de son mari pour ne pas l'affoler.

Ils le glissèrent doucement sur le brancard et le dirigèrent vers l'hôpital le plus proche.

Pierre Fields, Kévin Granger

Le 11 juin 2001, Montpellier

Kévin passa une bonne semaine à l'hôpital. Le choc émotionnel plus que physique l'avait profondément marqué. Sa femme le soutenait du mieux qu'elle le pouvait. Elle se rendait tous les jours à son chevet pour l'aider à surmonter cette terrible épreuve de la vie. Ses deux enfants lui apportèrent un immense réconfort… une raison d'espérer.

La police s'était emparée de l'affaire. Un inspecteur était venu l'interroger à chaud, au sein même de l'hôpital. Les faits étaient graves, clairs, nets et précis. Il s'agissait d'un suicide en règle dû à une extrême pression infligée par son hiérarchique supérieur. Un cas malheureusement fréquent mais encore fallait-il le prouver.

Alexandre Delvois

Le 4 février 2002, Montpellier

2eme visite de l'inspection du travail

Après étude de tous les documents récoltés lors de la première inspection, tout semblait corroborer la thèse énoncée par Pierre quelques mois plus tôt. Les vérifications auprès des employés avaient porté leur fruit et les indices concernant le harcèlement au sein de la direction se recouvraient. Avec cela, s'ajoutait le suicide avorté de Kévin. Les faits étaient désormais avérés.

La police déboula dans le magasin et demanda qu'on les conduise immédiatement auprès du directeur Alexandre Delvois. En quelques enjambées dans les escaliers, ils se retrouvèrent directement devant la porte de son bureau. Ni une ni deux, ils tambourinèrent à la porte et entrèrent. Un des policiers lut les droits à Alexandre Delvois et sans ménagement, lui passa les menottes. Pris au dépourvu, il ne bougea pas d'un poil. La sanction tomba comme un couperet. Lui, d'habitude si vindicatif devant la police, en était réduit à se comporter en véritable enfant doux comme un agneau.

Ils le conduisirent au commissariat où un inspecteur l'auditionna pendant de longues heures. Le ton se voulait sévère et agressif, exactement le même ton que lui employait habituellement envers ses employés.

— Monsieur Delvois, reconnaissez-vous avoir harcelé plusieurs de vos collaborateurs ? s'exclama l'inspecteur de police.

— Non, pas du tout !!!

— Monsieur Delvois, nous avons là les plaintes d'une bonne dizaine de personnes qui affirment totalement le contraire. Pensez-vous que toutes ces personnes auraient eu une hallucination collective ? Ou auraient-elles affirmé la vérité ? L'inspection du travail a épluché les documents que vous nous avez fournis. Par ailleurs, je tiens à vous signaler que l'inspection du travail a relevé plusieurs anomalies qui peuvent conduire à un procès au pénal.

— Au pénal ?

— Oui, monsieur Delvois, le harcèlement est passible du pénal surtout dans votre cas où un de vos employés en est venu à tenter de mettre fin à ses jours. Cela n'a pas trop l'air de vous émouvoir pour autant. Votre dossier, je ne vous le cacherai pas, est très lourd. Nul doute, que la partie civile a toutes les preuves réunies pour vous envoyer au procès. Procès, qui se soldera à coup sûr par une peine d'emprisonnement ferme ou dans le meilleur des cas avec sursis.

L'avocat de Delvois s'adressa à son client :

— M. Delvois, à partir de maintenant, gardez le silence.

— D'accord Maître.

— Monsieur Delvois, à compter de cette heure, vous êtes placé en garde à vue pour une durée de 24 h, lui confirma l'inspecteur.

Au bout de 24 h, Alexandre Delvois ressortit du commissariat le teint pâle, mal rasé. Il n'arborait plus son air arrogant, il avait perdu de sa superbe mais lorsqu'il descendit les escaliers du bâtiment, il se retourna, fixa le commissaire et retrouva son air méprisant comme si de rien n'était. Les 24 h n'avaient pas suffi à lui faire perdre son sens du mépris. Il se redressa et monta tranquillement dans le taxi que son avocat avait affrété.

Xavier prenait son rôle très au sérieux. Sa première réunion ne fut pourtant pas une partie de plaisir. Il était novice dans l'exercice. Il commit de nombreux impairs, laissant planer le doute sur ses compétences. Il commençait à ressentir le contre-coup de cette course harassante qu'il avait livrée. Toute son énergie semblait comme aspirée. On aurait dit qu'il avait vieilli de 10 ans. Lui-même s'en rendait compte le matin en se regardant dans le miroir. Il était devenu l'ombre de lui-même. Mais il devait assumer la tâche coûte que coûte vis-à-vis de son électorat qui lui avait accordé ce mandat. Pas question de renoncer ni de les décevoir surtout que le renoncement ne faisait pas partie de son vocabulaire. Il prit la parole et s'adressa à l'auditoire par :

— Bonjour, je vous remercie de votre présence. Je suis là pour vous présenter le projet de réaménagement du quartier.

— Oui tout cela, c'est très beau, mais combien ça coûte !! lança un participant.

Pris au dépourvu, il hésita. Une autre personne prit à son tour la parole et lui asséna un violent:

— Amateur !!

Il prit ça en pleine figure. Autrefois, ce mot aurait ricoché sur son visage, imperméable à ce genre d'obscénité. Là, fragilisé, il se sentit blessé et ne riposta même pas. Stéphanie le regarda et comprit qu'il avait changé. Stéphanie reprit son interlocuteur :

— Monsieur, qui êtes-vous ? Il n'a pas encore présenté le projet que vous le traitez d'amateur.

— Madame, vous n'êtes pas maire à ce que je sache, donc je ne m'adresse donc pas à vous et veuillez cesser de me couper, je pense que votre maire de mari peut très bien se défendre tout seul.

Stéphanie se rassit, l'homme avait raison sur le fond, elle avait tort de se mêler des affaires du maire.

Les journées passèrent et se ressemblèrent.

Un mot plus haut que l'autre et il n'en fallut pas plus pour mettre le feu aux poudres. Xavier s'emporta vivement au cours de la réunion suivante, déclenchant sans y porter attention une vive vague de protestation. Il prit cet épisode comme un fait anodin mais se ravisa quand il constata que plus la réunion avançait, plus sa légitimité semblait contestée.

A la fin, un homme en costume rayé noir vint lui rendre visite discrètement et lui glissa dans le creux de l'oreille qu'il serait préférable qu'il passe la main, dans son propre intérêt et celui de son parti. Plus tard, Arnaud apprit qu'il s'agissait de M. Delahaie, un riche banquier. Il n'avait pas à trop se torturer l'esprit pour imaginer la teneur de ses paroles envers Xavier.

En plein meeting du parti, Xavier annonça qu'épuisé, il avait pris la décision de démissionner de son poste et désigna Arnaud comme son successeur. Stéphanie pleura. Il ne sut jamais si Stéphanie pleurait pour la perte du poste de son mari ou si ses nerfs avaient lâché car elle pensait que désormais, elle et Xavier pourraient vivre d'une manière plus apaisée. Hélas, la suite fut beaucoup moins romantique. Devant l'échec, Xavier perdit pied. Son manque de confiance l'empêchait d'envisager un quelconque avenir. Les disputes s'enchaînèrent à la maison. Stéphanie pourtant l'aimait fort, au point de le suivre dans sa déchéance.

Vanessa et Arnaud rendaient visite à Xavier autant que possible. Ils essayaient de lui remonter le moral tant bien que mal. Vanessa, de son côté, avait du mal à croiser le regard de Xavier et Xavier, le sien également depuis quelque temps. Elle était moins encline aux sorties, moins punchie.

Un soir, 20 h, Stéphanie appela Arnaud.

— Viens vite, Xavier va faire une connerie !

— Ok j'arrive !

Il passa une veste et dit à Vanessa qu'il fallait qu'il rende visite à Xavier, qu'il ne se sentait pas très bien et qu'il avait besoin de réconfort.

— À cette heure ? lui dit-elle.

— Oui, désolé, mais Xavier est mon ami et il a grand besoin de moi.

— OK.

Il courut à la voiture pour rejoindre Xavier à son appartement. Il frappa plusieurs fois à la porte. Stéphanie lui ouvrit.

— Il est où, Xavier ? s'exclama Arnaud

— Il n'est pas là.

— Comment ça pas là ? Il y a 15 min, tu me demandes de venir en urgence.

— Non il s'est absenté et vu dans l'état dans lequel il est parti, il en aura pour la nuit.

Elle était habillée en lingerie rouge. Elle ouvrit plus grand la porte, lui fit passer le seuil et l'embrassa langoureusement.

— Mais que fais-tu ? Tu es mariée.

— A l'allure où ça va, je suis plus proche du divorce que du mariage. Ne me dis pas que dès le premier jour où tu m'as vue, tu n'as pas eu envie de moi ? Et t'inquiète pas pour Vanessa, elle retombera vite dans les mains de Xavier qu'elle désire depuis toujours.

Sous ses airs de femme fragile, elle était une redoutable femme. Il aurait voulu lui résister mais il était irrémédiablement attiré par cette femme qui se comportait comme une véritable mante religieuse. Elle laissa tomber sa nuisette, complètement nue dessous, l'attira dans la chambre maritale et il découvrit centimètre par centimètre la douceur de ses courbes. Il goûtait à l'odeur de sa peau. Des effluves intenses de transpiration parfumée perlaient le long de sa peau. Il avait peur que Xavier rentre plus tôt et les surprenne dans le lit conjugal, pour découvrir qu'il l'avait trompé. Pourtant, il avait juste suffi d'un baiser de Stéphanie pour chasser ce doute et l'introduire un peu plus dans le lit. Le divorce était consommé.

A 23 h, Arnaud se rhabilla, Stéphanie avait le sourire, il n'était pas forcément très fier mais il savait que c'était elle qu'il lui fallait. Il franchit la porte, elle la ferma lentement derrière lui et il rentra comme si de rien était. Vanessa lui dit :

— Tu es resté un bon bout de temps, ça devait être grave. Il lui répondit que pour un ami, 3 h, ce n'était rien dans une vie. Sur ces paroles, elle acquiesça et il retourna dans son lit avec elle.

Leur petit manège dura le temps que Vanessa, en rentrant un soir, après un dîner avec Xavier et Stéphanie, pose son manteau et lui dise froidement :

— Ça fait longtemps que tu me trompes avec Stéphanie ?

— Comment ça ?

— Et en plus tu oses te moquer de moi ? Tu crois que je n'ai pas vu comment vous vous regardez depuis quelques semaines. Faire ça à ton meilleur ami ! Tu n'as pas honte ? Je ne sais pas pourquoi mais la première fois que je t'ai vu avec Stéphanie, j'avais ce sentiment qu'elle ne t'avait pas laissé indifférent. Mais je ne pensais pas que toi, Arnaud, l'homme toujours calme, droit, sûr de lui, tu n'aurais pas eu le courage de me l'avouer. Avoue que la situation est assez ironique presque tragique quand on repense au destin de ton ami Xavier. Je te demanderais de quitter l'appartement sur le champ.

Arnaud n'essaya même pas de se défendre, il connaissait les conséquences de son geste et s'en accommodait parfaitement.

Vanessa informa Xavier le lendemain de la trahison de Stéphanie, qu'il chassa violemment de l'appartement. Tout le quartier avait pu en profiter. Les échanges et les éclats de voix avaient eu tôt fait de réveiller tout le monde.

Arnaud Fields, Stéphanie Stills

Le 3 mars 2003, Paris

Depuis leurs séparations respectives, Arnaud et Stéphanie avaient emménagé ensemble et étaient devenus inséparables. Ils formaient un couple très en vue et faisaient régulièrement la "Une" des couvertures de magazines, n'hésitant pas à s'afficher comme le couple glamour d'une politique empreinte de modernité. Arnaud venait tout juste de recevoir une lettre du parti qui lui demandait expressément de se rendre au siège. Elle indiquait les mots suivants :

Cher Monsieur Arnaud Fields
Nous suivons votre brillant parcours depuis votre prise de poste à la mairie du 16e arrondissement. Vous n'êtes pas sans savoir que notre parti va engager des primaires. Nous vous serions reconnaissants de bien vouloir vous y inscrire. Nous pensons que votre énergie et votre jeunesse feraient merveille en vue des prochaines élections présidentielles.
Veuillez agréer Monsieur le Maire, mes salutations distinguées.

Il est vrai qu'Arnaud caracolait en tête des intentions de votes s'il décidait de postuler. Stéphanie d'ailleurs l'avait bien compris et l'y encourageait vivement. Il hésitait pourtant, fort de l'exemple de Xavier et des ravages qu'il avait subis.

Le 5 mars. Il déposa sa candidature avec les trois autres candidats qui souhaitaient briguer le poste.

Le 10 Mars. Tous les cadors du parti étaient présents en ordre de bataille. Cela faisait déjà quelques années que la victoire du parti leur échappait et elle n'avait jamais paru aussi proche. Quel que soit le candidat, l'opinion penchait sensiblement à chaque fois largement en sa faveur. Le candidat profiterait des dissensions de l'autre camp. La multiplicité des candidatures ne tarda pas à générer quelques tensions naturelles. L'enjeu était colossal : devenir Président. Il y avait les éléphants, la vieille garde comme Arnaud aimait à les appeler. Il avait l'impression de toujours les avoir connus. Ils détestaient ce surnom. En retour, ils le gratifiaient du doux surnom de Puceau. Sur le fond, le terme n'était pas galvaudé. Arnaud était vierge dans cet exercice. Ces adversaires ne savaient rien de lui et la politique déteste les gens flous, elle préfère plutôt les gens polissés, plus faciles à identifier. Son passé était vierge. Ce n'était pas le cas de tous, ce qu'Arnaud n'allait pas se priver d'exploiter.

Ses adversaires se nommaient Richard Fidens, Alexandre Picousi, ils étaient au total trois postulants et c'était déjà beaucoup. Le parti avait procédé à un premier écrémage vu le nombre important de candidats. Cette opération ayant pour but d'éviter les règlements de compte, le manque de lisibilité, les débordements d'un spectacle affligeant que le parti se devait absolument d'éviter pour ne pas écorner l'image du futur candidat, ce que leurs électeurs ne leur auraient jamais pardonné. Les gens se seraient alors détournés du vote. Ils ne souhaitaient surtout pas une dispersion des voix que leur parti avait mis tant de temps à rassembler au profit de leur adversaire.

Chacun s'attachait à vanter exagérément son expérience et son parcours. Volontairement, Arnaud restait en retrait, observant les joutes verbales de ses adversaires qui ne faisaient que les desservir et qui le nourrissaient. Il avait bien compris qu'il ne fallait pas se mêler à ce genre de querelles puériles. La patience est une arme redoutable. Et dans son ancien job, il avait appris une chose plus importante, retenir les chiffres pour savoir mieux les exploiter. Sa stratégie ne serait pas si différente pour les battre. Ils ne comprendraient rien, leur archaïsme se chargerait de les discréditer. Arnaud, sous ses airs de ne pas y toucher, était un fin stratège. Son programme était un vide sidéral, de simples mesures en fonction du pouvoir d'achat, de quoi mettre l'eau à la bouche. Mais il ne comptait pas en divulguer davantage, surtout pas tout de suite, malgré l'insistance de ses adversaires ce qui ne manquait pas de les faire enrager. De leur côté, cela faisait déjà quelques mois qu'ils s'étaient lancés dans la bataille. Arnaud avait eu le temps d'étudier le leur. La tactique était simple : Conserver l'effet de surprise, observer ses adversaires pour pouvoir mieux les attaquer, les contrer. La primaire compterait aussi ses coups bas. Sa jeunesse, ils en riaient, ils étaient persuadés qu'il ne ferait pas le poids, qu'il ne tiendrait pas la route. Elle apparaissait à leurs yeux comme une faiblesse.

A Montpellier, le procès débuta. L'affaire avait fait grand bruit dans la région et la "Une" au journal télévisé. Une autre affaire similaire dans le monde fermé de la grande distribution avait déjà défrayé la chronique quelques mois plutôt. Une énième affaire ferait les choux gras des défenseurs de la cause salariale. Nul doute que les amalgames circuleraient et serviraient de plaidoyer contre un modèle productiviste qui n'en finissait pas d'écraser ses petits producteurs au nom du sacro-saint pouvoir d'achat. Je me refusai à cautionner cette dérive sectaire malsaine. J'étais juste au palais de justice pour un homme, Alexandre, le bien nommé. Je ne souhaitais pas que le verdict du procès de Kévin lui soit volé et détourné à des fins purement politiques. Des élus en avaient déjà profité pour s'engouffrer dans la brèche béante de la justice spectacle. Ils comptaient s'approprier un combat qui n'était pas le leur. Le tout serait orchestré par caméra interposée. Les médias diffuseraient les images en boucle, sélectionnant soigneusement les images, les passages volontairement alarmants coupés de leur contexte.

Tout le monde entra dans le palais de justice. Les portes se fermèrent. Tout le monde s'assit. Les deux parties étaient bien présentes, c'était une première victoire. Le juge énonça les faits. « Nous sommes ici ce jour pour juger M. Alexandre Delvois. Il lui est reproché les accusations suivantes : Harcèlement, atteinte à la vie d'autrui ayant pu entraîner la mort. »

Le juge le convoqua à la barre. L'avocat de Kévin lui demanda :

— Reconnaissez-vous M. Kévin Granger ?

Alexandre se mura dans le silence. M. Delvois, je vous ai posé une question.

Veuillez noter, Messieurs, Mesdames que le prévenu n'obtempère pas à une simple question. Vous reconnaissez travailler avec M. Kévin Granger ici présent ? Toujours aucune réponse.

Le juge convoqua l'avocat d'Alexandre. Maître, veuillez intimer à votre client de répondre aux questions qui lui seront posées.

— Oui ! répondit Alexandre.

— Très bien. Vous niez dans votre déclaration, lors de votre interrogatoire, mettre la pression sur vos employés pire, les menacer.

— C'est complètement faux ! M. le juge, parfaite aberration.

— Ouh !!! crièrent des personnes dans l'assemblée.

— Taisez-vous ! dit le juge ou je fais sortir tout le monde et la justice sera rendue à huis clos. Le représentant de la partie civile se leva et lança en direction du juge :

— Je vous remets la pièce à conviction numéro une. Vous pouvez lire M. le juge. Il s'agit là d'une plainte déposée par un ex-employé de votre équipe M.DELVOIS licencié pour faute lourde.

— M. le juge, vous n'allez pas vous laisser influencer par une déposition effectuée sous le coup de la colère, il en va sans dire, d'un employé frustré qui n'a pas supporté d'être licencié.

— Maître, cela aurait été le cas si cette faute lourde comme vous dites, avait été reconnue. Or ce n'est pas ce qu'en a jugé le tribunal le 3 janvier 2003 qui a débouté votre entreprise aux Prud'Hommes faute de preuve et condamné à verser un an de salaire pour licenciement abusif. Comme vous le constatez, la Cour ne se laisse pas attendrir facilement par la partie civile mais établit son jugement reposant uniquement sur des faits. Faits qui, après enquêtes, s'avèrent étrangement se répéter dans votre équipe spécialement dans votre magasin. Ne trouvez-vous pas cela un peu étrange ?

— Qu'est-ce qui est étrange M. le juge ? répondit Alexandre Delvois.

— M. Delvois, ce n'est pas vous qui posez les questions dans cette Cour. J'espère avoir été suffisamment clair. Ici, vous ne jouissez d'aucune sorte de pouvoir. Attachez-vous plutôt à répondre aux questions de la partie civile.

— M. Delvois, vous avez déclaré, lors de votre interrogatoire au commissariat, n'avoir à aucun moment menacé la victime, ni lui avoir indiqué que s'il n'améliorait pas ses chiffres, quitte à faire des heures démesurées, il le rétrograderait.

— Oui c'est vrai.

— Vous niez donc !

J'ai là une plainte d'un ancien employé qui rapporte exactement la même chose. Vous croyez au hasard ? Moi pas. Autre fait troublant, vous nous indiquez ne jamais avoir affiché des tableaux de performance mentionnant le nom du premier et du dernier, le cancre comme vous l'appeliez sans compter vos petites réunions matinales, où vous demandez clairement, je cite : « Faites-moi du client et du chiffre, je retrouverai les autres dans mon bureau ». Est-ce là un abus de langage ou des menaces à peine voilées ?

— M. le juge, ces paroles ont été rapportées par des employés sans doute fatigués de leur semaine.

— Parce que pour vous, la semaine se termine le lundi. Monsieur l'avocat, veuillez rappeler à votre client de faire preuve d'un peu de sérieux.

— M. le juge, la partie civile souhaite entendre la victime.

— Accepté. Veuillez poursuivre.

— M. Granger, que s'est-il passé pour que vous en veniez à accomplir un acte aussi tragique ?

— Objection votre honneur, la défense essaie de culpabiliser mon prévenu alors qu'il n'est pas jugé.

— Objection retenue. Maître, veuillez reformuler votre question.

— M. Granger, pourquoi ce lundi matin 8 juin avez-vous voulu mettre fin à vos jours alors que vous avez une femme et deux enfants ?

— Objection votre honneur, la question est une nouvelle fois tendancieuse.

— Objection refusée. Veuillez poursuivre Maître.

— J'étais à bout. J'allais au travail avec la boule au ventre, j'avais peur de perdre mon emploi devant la pression de M. Delvois.

— La parole est maintenant à la défense.

— M. Granger, est-il vrai de dire que M. Delvois vous trouvait, depuis quelque temps, moins motivé dans votre travail et moins sérieux ? En témoigne cette réunion du 9 mars où il est écrit noir sur blanc que vos résultats sont en chute libre et qu'il serait envisageable de devoir, si les résultats ne s'améliorent pas, se séparer de vous.

— C'est faux ! Et il le sait bien.

— Visiblement, vous non ! Vous mettez en cause un homme intègre qui a toujours su mener ses troupes.

— Il a volontairement augmenté mon objectif sans me prévenir.

— Pourtant cette réunion et son compte rendu disent parfaitement le contraire.

Ce sera tout M. le juge.

— La partie civile appelle à la barre M. Pierre Fields.

En aparté.

— Oh putain, je l'avais oublié celui-là, dit Alexandre.

— M. Fields, jurez-vous de dire toute la vérité rien que la vérité. Levez la main droite et dites, je le jure.

— Je le jure, M. le juge.

— M. Fields, vous avez travaillé 6 mois dans cette enseigne. Que pourriez-vous nous en dire ?

— En fait, au début tout se passait bien, mais je constatais que les têtes changeaient régulièrement.

— Ah bon ?

— Oui M. le juge.

— La partie civile joint la pièce à conviction numéro 2, une feuille éditée par la chambre du commerce du turn-over de l'enseigne. Vous constaterez comme moi, le turn-over important de l'enseigne.

— Effectivement c'est édifiant. Maître. Veuillez projeter le document à la cour.

— Comme vous pouvez le constater, durant ses 6 derniers mois le nombre de départs n'a cessé d'augmenter, les arrêts maladies aussi se sont multipliés, souvent dûs à des burn-out dont vous trouverez les conclusions dans les documents que nous a transmis la Médecine du Travail. Je ne comprends pas comment un personnage aussi méprisant peut-il encore diriger une équipe ?

— Maître, veuillez surveiller votre langage.

— Mesdames, Messieurs les jurés, veuillez noter que les courbes font apparaître clairement une croissance notable des départs et des arrêts maladies. A cela s'ajoutent les menaces de mise à pied sans raison valable avec retenue sur le salaire, ceci dans le but d'exercer un chantage salarial. Joli cocktail n'est-ce pas messieurs les jurés que ni vous ni moi, n'auriez supporté très longtemps. C'est pour cela, que je requiers une interdiction d'exercer dans le domaine du commerce avec une amende et une peine d'emprisonnement de cinq ans pour avoir intentionnellement pousser mon client au suicide.

— Mesdames, Messieurs les jurées, vous n'allez pas vous laissez berner par un homme fragile qui n'a pas supporté devoir travailler quelques heures et un rythme un peu plus soutenu, effort que, par ailleurs, mon client avait consenti à récompenser. Non, mon client est un directeur comme tant d'autres qui lui aussi, subit la pression de ses actionnaires et doit porter la lourde charge de maintenir l'emploi de ses salariés. C'est une tâche noble qui nécessite beaucoup d'empathie et une bonne dose de responsabilités. Ce n'est pas le monstre que vient de décrire la partie civile. Mon client était par ailleurs bien noté au sein de son groupe. C'est pour toutes ces raisons que je demanderai la relaxe purement et simplement.

— Mesdames, Messieurs, les juges vont se retirer pour délibérer.

L'attente était interminable. Et si les paroles de l'avocat avait fait pencher la balance en faveur d'Alexandre Delvois. Si les juges n'avaient pas été sensibles aux arguments avancés. Kévin n'osait envisager cette éventualité. Il ne pensait qu'à une chose, faire condamner cet odieux personnage, l'empêcher de continuer à nuire et passer à autre chose.

Le 10 Juillet 2003 : le verdict tomba.

Les juges prononcèrent le verdict :

— Sur le chef d'accusation de harcèlement M. Delvois est déclaré coupable

— Sur le chef d'accusation ayant pu entraîner la mort, coupable.

— Par conséquent, la justice condamne M. Delvois à une peine de cinq ans de prison dont trois ans avec sursis et 45 000 € d'amende. Affaire jugée.

Je trouvais la sentence très clémente vu la gravité des faits. Avec une remise de peine pour bonne conduite, il ressortirait tranquillement dans un an.

Il passa près de moi avec son sourire carnassier. Il allait être emprisonné, mais il savait que ça n'était pas cher payé.

Le procès de Kévin avait été long et usant moralement. Je voulais passer à autre chose. Le visage souriant d'Alexandre hantait toujours mes pensées, mes nuits. Je ne savais pas encore comment envisager l'avenir mais mon horizon s'était un peu éclairci. Le temps, peut-être ferait disparaître son visage. J'espérais seulement pouvoir me poser, trouver un travail digne qui me permettrait de me construire une vie.

Je reçus un coup de téléphone.

— Bonjour M. Fields.

— Oui. A qui ai-je l'honneur ?

— Vous ne me connaissez pas. Je me nomme Julien Mariton. Suite au procès médiatisé d'Alexandre Delvois, j'ai vu à la télévision l'autre soir que vous étiez à la recherche d'un emploi.

— Oui parfaitement.

— Votre témoignage et votre courage ont forcé mon admiration et m'ont touché. J'ai contacté la chaîne de télévision pour qu'elle nous mette en relation car je suis à la recherche d'une personne comme vous. Seriez-vous prêt à venir travailler dans mon entreprise.

— Oui !!! Avec plaisir.

— Merci. Ce ne sera pas de tout repos, les carnets de commande sont plein mais le travail y est, je le pense, intéressant. Nous pourrions nous fixer un rendez-vous si ma proposition vous convient afin de signer le contrat et que vous puissiez commencer au plus tôt.

— Très bien oui. Je vous remercie.

— On peut donc se dire demain vers 14 h si vous pouvez.

— C'est parfait.

— M. Fields, je vous souhaite donc une bonne journée et à demain 14 h.

Il raccrocha. Je ressentis cet appel comme un véritable soulagement. Cela faisait des mois que je galérais et en un seul coup de fil, ma vie risquait de basculer. Je m'allongeai sur le lit, pris une grande respiration et fermai les yeux. Mon rythme cardiaque se ralentit, j'étais bien, apaisé. Il me manquait juste une chose, une épaule solide sur laquelle je puisse me reposer, un cœur vide à remplir.

J'avais repris le cours de ma vie. Pour la première fois, je me levai le cœur léger, l'esprit tranquille. Tout me paraissait plus simple. Rien de grave ne risquait désormais de m'arriver, rien de spécial.

J'avais changé de quartier, je louais à présent un joli petit appartement de 40 mètres carrés dans le quartier proche de celui des Beaux-Arts. C'était un 2 pièces cosy que j'avais aménagé à ma convenance. Il était plus agréable, plus vivable que mon ancien petit studio dans lequel j'arrivais à peine à tourner en rond. Un peu plus d'espace et plus de place auxquels j'avais depuis bien longtemps renoncé.

Le travail ne manquait pas. Je m'étonnais même d'y prendre goût. Le matin, je me réveillais, la nuit je dormais sans repenser à Alexandre Delvois. C'étaient des gestes banals que peu comprendraient mais croyez-moi, cela me rassurait au plus haut point… j'étais bien.

Mon patron m'encourageait, c'était un chic type qui souvent dans ses gestes, lui aussi comme Paulo, me rappelait Georges, la même bienveillance. Je m'étais parfaitement intégré et Julien Mariton me faisait désormais totalement confiance. Je me surprenais à envisager des projets. Je m'étais juré que personnellement le travail ne serait plus mon unique raison de vivre mais un moyen complémentaire de réaliser plus rapidement mes projets. Après tout, le temps n'était-il pas une richesse bien plus importante que l'argent. L'argent peut tout acheter mais le temps ne s'achète pas. Il passe inexorablement plus ou moins vite selon les gens.

Parallèlement, je m'étais mis à la musique. Un proverbe prétend que la musique adoucit les mœurs. Disons que si elle pouvait adoucir ma vie, ce serait un luxe dont je m'accommoderais. Et ça marchait. Je m'étais découvert une véritable passion. J'avais poussé le vice à participer à un stage chez un professionnel dans le but de me perfectionner. Il me trouva plutôt doué. Je n'aurais jamais imaginé un instant qu'un si petit instrument comme l'harmonica puisse générer autant de sons et procurer autant de plaisir et d'émotion. A chaque fois que j'en jouais, un frisson me traversait. C'était magique. J'avais l'impression de retomber en enfance. Retrouver ces moments qui, depuis quelques mois, quelques années, m'avaient tant manqué. Je franchis le pas jusqu'à me produire quelques soirs dans un café-concert qui se nommait l'Envol.

Arnaud Fields, Alain Vallois

Le 8 mai 2005, Paris

Finalement, après un vote somme tout serré, Arnaud avait remporté l'investiture du parti. Il était donc le seul candidat à pouvoir briguer la présidentielle. Il s'était sorti habilement des pièges tendus pas ses concurrents qui n'avaient pas hésité à fouiller dans sa vie privée pour l'écarter quitte à desservir leur parti. L'ambition a des vertus qui savent s'oublier dans l'arène.

Il devait à présent rassembler ses troupes, fédérer pour concentrer tous ses coups sur son principal adversaire, son seul adversaire, le président sortant Alain Vallois. A première vue, la tâche ne s'avérait pas insurmontable. Il fallait juste insister sur le bilan plus que médiocre et mettre en évidence les points faibles de son futur programme.

Les sondages donnaient Arnaud très haut et ceux de son parti se voyaient déjà en vainqueur. Arnaud eut tôt fait de leur remettre les pieds sur terre.

— Pensez cela et à coup sûr, c'est la défaite annoncée ! leur avait-il déclaré d'une voix cinglante.

Tout se jouera sur le terrain, dans chaque ville, chaque campagne, chaque bourg, chaque recoin de ce pays, « au petit peuple ».

— Monsieur, « petit peuple », dites-vous ? N'est-ce pas là une vision somme toute monarchique ?

— Mais non, vous voyez de la monarchie partout. « Le petit peuple » c'est parce qu'ils sont dans la tranche 500-1500 euros. Mais bon, j'avoue que le terme est un tant soit peu malheureux, un peu péjoratif. Il est toujours plus flatteur que « gueux ».

Tout le monde se tut.

— Monsieur, parlons du programme.

— Quel programme ? rigola-t-il. Oui ? Qu'y a-t-il ? Il ne vous plaît pas ?

— Mais nous avons un souci ?

— Lequel ?

— L'élection est dans 3-4 mois et nos militants nous remontent que visiblement, les citoyens ne trouvent pas votre programme très clair.

— Vous venez de prononcer le seul mot important dans votre phrase.

— Lequel ?

— Visiblement.

— Je ne comprends pas.

Ce mot exprime le flou.

— Oui, mais les gens aiment savoir où ils vont, à quoi s'attendre.

— Mais je ne suis pas chef d'État, je suis candidat.

— Oui, mais vous aspirez à l'être.

— Oui, mais je ne le suis pas... encore. L'heure n'est pas encore venue de se positionner en chef d'État. Faites-le et vous passerez pour un monarque et ça, le peuple français le déteste. Le principal est de maintenir le statu quo entre la satisfaction des membres du parti et des citoyens. L'équation n'est pas facile à résoudre, il faut un peu de doigté et c'est bien pour cela que vous m'avez élu.

Je ne sais si les membres du parti avaient pris cela pour de l'arrogance ou de l'insouciance. Mais ces paroles, d'un coup, leur faisait peur.

Alexandra Bertier

Le 8 juin 2005, Montpellier

Alexandra, de retour au bureau, se souvint qu'elle devait enregistrer les frais de transport d'un allocataire. L'hôtesse lui avait déposé le billet sur son bureau. Elle l'avait complètement oublié, le billet traînait depuis quelques semaines dans son tiroir. Ces dernières semaines avaient été chargées voire mouvementées. C'était la dernière semaine du mois, dernier carat pour l'enregistrer.

Elle ouvrit le tiroir, saisit le titre de transport complètement froissé. Son propriétaire ne devait pas être très soigneux, pensa-t-elle.

Elle ouvrit son ordinateur, tapa son mot de passe, mot de passe incorrect, la journée commençait mal d'autant que la veille avait été agitée. Elle n'avait pas arrêté de se retourner dans le lit sans raison apparente.

Après deux tentatives, Elle réussit enfin à se connecter.

Elle mit un moment avant de se souvenir sur quelle icône elle devait cliquer pour lancer le logiciel de frais. La dernière fois qu'elle s'en était servie commençait à dater et visiblement, entre temps, il y avait eu une montée de version et l'interface de l'application n'était pas identique à ses souvenirs.

Ce n'était pas elle habituellement qui se chargeait d'effectuer ce type d'opérations, mais son assistante était en congés. Elle avait du mal à lire le billet, le nom était complètement effacé. Heureusement, l'allocataire avait eu la bonne idée de rajouter sur le billet son numéro d'identifiant d'allocataire. Cette indication devrait grandement simplifier les choses. Le billet datait, sans doute perdu sous les piles gigantesques de dossiers qui restaient à traiter. A la suite de la réorganisation, l'agence avait accumulé plusieurs mois de retard et le billet avait dû être égaré.

Elle saisit son numéro d'identifiant. La personne n'était plus référencée. Son compte avait été supprimé. Elle n'était plus demandeuse d'emploi. Tant mieux pour lui, pensait-elle. Elle regarda le billet de plus près, elle avait l'habitude, elle prenait le train deux fois par mois le week-end pour retourner dans sa famille à Beaune. En retournant le billet, il était composté à la date du 12 novembre 1994, le billet était vieux...trop vieux pour prétendre à un quelconque remboursement. L'allocataire ne devait pas être en manque d'argent. Par curiosité, elle continua à détailler le billet. La gare de départ était Chalon-sur-Saône. Sur le coup, elle n'y prêta aucune attention. Mais cette date éveilla en elle, quelque chose. Elle saisit son téléphone portable. Elle avait pour habitude de tout enregistrer, notamment ses rendez-vous qu'elle conservait à plus d'un an au cas où. Elle sélectionna la date du 12 novembre 1994. Elle avait noté "Aller Beaune-Montpellier départ 15 h". Ses billets de train étaient enregistrés dans son compte SNCF. L'historique remontait à plus d'un an au niveau des achats de billets. Par chance, elle ne l'avait pas effacé. Elle ouvrit son compte, tria par date et édita le billet. C'était un Beaune Montpellier départ à 15 h de Beaune arrêt à Chalon-sur-

Saône avec un changement à Mâcon ville pour le TGV 9879 avec une arrivée en gare de Montpellier Saint-Roch à 19 h 04. Elle prit l'autre billet pour le comparer. Le numéro du train correspondait, l'horaire était 23 mn plus tard, le temps de trajet Beaune-Chalon-sur-Saône. Elle lut le numéro de wagon du TGV qu'elle devait emprunter en correspondance à Mâcon, il s'agissait du numéro 8. Sa place était la 52. Soudain, elle rassembla ses souvenirs : cet homme charmant qui s'était assis à Chalon-sur-Saône à côté d'elle dans le TER, puis accompagné autour d'un café à la gare de Mâcon et dans le TGV jusqu'à Montpellier, ce visage qui l'avait fasciné : c'était Pierre.

Pierre Fields, Alexandra Bertier, Philippe Steevens, Colt
Jones

Le 9 juin 2006, Montpellier

Le café *l'Envol* commençait à acquérir une certaine
notoriété. Des artistes mondialement connus venaient s'y
produire. C'était d'autant plus valorisant de jouer à leur
côté. L'administrateur des lieux Philippe Steevens, un
ancien jazzman bluesman, dingue de cette musique avait
investi toutes ses économies dans ce lieu insolite où se
côtoyaient tous types de musiciens. Il leur laissait carte
blanche. Sa seule exigence : Il leur demandait de s'investir
à fond à chaque concert et faire en sorte que leur public
prenne du plaisir… et eux aussi. Le public était
hétéroclite. Nous enregistrions des réservations de
groupes de jeunes, de personnes âgées, de groupes que
les entreprises nous envoyaient.

Ce soir, l'ambiance était chaude, survoltée. La
programmation était d'un haut niveau. La tête d'affiche,
Colt Jones, n'y était pas étrangère. C'était un homme
d'une cinquantaine d'années qui avait déjà pas mal roulé
sa bosse dans les endroits branchés de Nashville, une
référence. Il avait découvert la France lors d'un concert et
après avoir fait connaissance de sa femme, avait décidé
d'y déposer ses valises. Il n'avait cependant pas renié ses
origines, en conservant ce style typiquement américain et
exportait sa culture. Sur scène, il en imposait par sa
présence. C'était une des raisons d'ailleurs pour laquelle

Steevens avait choisi de l'inviter entre deux tournées à l'étranger.

Les critiques des revues spécialisées l'encensaient tant sa virtuosité faisait merveille. Le concert commença. Juste avant, il avait tenu à nous mettre à l'aise. C'était l'apanage des grands, une grande humilité. A ses côtés, j'enchaînais les gammes, les wawa, les altérations, les bend over, tout passait comme une lettre à la poste. C'en était déconcertant. Ça envoyait du lourd. Juste devant nous, un groupe de copines oscillait entre boisson, levée de pintes et franche rigolade. L'atmosphère était bon enfant. On sentait qu'elles étaient venues là avant tout pour s'éclater, se défouler, se détendre de leurs journées plus que pour écouter des puristes du jazz bluesie. Mais le principal était qu'elles avaient l'air de passer un agréable moment et qu'elles y prenaient du plaisir.

La salle était plongée dans le noir tout au long du concert. Seule la scène restait éclairée durant ses 1 h 30 et croyez-moi, 1 h 30, c'est long… très long. Ça laissait le temps de transpirer. Le concert touchait à sa fin, les lumières se rallumèrent. Nous découvrîmes le public qui avait l'air enchanté de notre prestation. Ça applaudissait fort, ça criait. Ça faisait chaud au cœur. Les demoiselles n'étaient plus assises. Par tradition, chaque musicien se donnait rendez-vous au bar pour se désaltérer. J'étais fier d'avoir participé à un concert d'une telle qualité. Le maître des lieux nous remercia chaleureusement à grands coups de tapes dans le dos. A son regard, on sentait qu'il était comblé. Il nous signifia qu'il nous recontacterait pour une nouvelle programmation à d'autres dates. Pour des amateurs comme nous, son geste était plutôt flatteur.

Je m'accoudai au comptoir. Un des musiciens était encore dans son concert, il ne lâchait pas l'affaire. Il mimait minutieusement les gammes que Colt venait d'exécuter.

Epuisé, je n'avais qu'une seule envie, prendre une bonne douche et aller me coucher. Il était déjà minuit et le lendemain, je devais me lever à 7 h pour aller travailler. Derrière moi, ça rigolait fort. Visiblement, eux n'avaient pas l'air fatigués ni pressés de quitter les lieux. Dans un moment d'ultime euphorie, l'un d'entre eux me bouscula en me donnant un grand coup dans le coude qui manqua de me faire renverser mon verre.

— Vous pourriez au moins vous excuser ? dis-je d'un ton menaçant.

Lorsqu'elle se retourna, c'était une jeune femme.

— Excusez-moi, dit-elle d'une voix douce. Je n'ai pas voulu le faire exprès. Désolé, si je vous ai bousculé. Je ne vous ai pas taché au moins ?

Ses autres copines continuèrent à se marrer. Elle me fixa. Je la fixai à mon tour.

— Oh, mais … c'est toi Pierre ?

— Ah, mais c'est toi Alexandra !

— Je ne savais pas Pierre que tu jouais d'un instrument, encore moins de l'harmonica, c'est rigolo. Un vrai pro. Eh, les filles, je vous présente Pierre, c'est un ancien allocataire dont je me suis occupé au travail.

— Enchanté, me firent-elles avec un grand sourire.

L'entendre dire que j'étais un simple allocataire sur le coup me vexa puis je me ravisai. Après tout, elle ne m'avait rien fait. C'était en grande partie moi qui avais fait tout foirer. Le comble de l'ignominie aurait été que je l'accable.

— Ça me fait plaisir de te voir, dit-elle sur un ton enjoué.

Ses copines se marraient encore. Après avoir fini son verre, l'une d'entre elles lança :

— Bon, je crois que nous allons vous laisser. Alexandra à demain, n'oublie pas de rentrer. Pierre, ravi de vous avoir rencontré.

— Pierre, ça te dirait qu'on aille s'asseoir tranquillement à la table dans le coin.

— Oui.

— Tu vas bien Pierre ?

— Oui, bien merci.

— J'ai appris par journaux interposés que tu avais plaidé dans le procès pour harcèlement de Kévin Granger. Plutôt courageux de ta part.

— Oh, tu sais, je n'avais rien à perdre, j'avais déjà quitté l'entreprise, lui si.

— Ça a dû être une sacrée épreuve quand même. Tout le monde en parlait au bureau. Tout le monde disait que le mec avait des couilles de plaider contre une personne avec autant de relations, au péril de se faire griller dans la profession.

— Tout à fait.

— Tu avais tout à perdre.

— Pas plus que de te perdre.

— Pourquoi dis-tu cela ?

— Mais je ne t'en veux pas, à l'époque je l'avais bien mérité, j'ai bien déconné. Je n'étais surtout pas assez mûr pour mesurer la portée de mes actes. Je n'ai reçu que ce que je méritais. Entre temps l'expérience de la vie est passée par là. Quelque part cela m'a servi de leçon, j'ai appris beaucoup sur moi et avec le recul, je considère plus cela comme une chance. Et toi, avec Jack, ça se passe comment ?

— Nous sommes séparés. Disons que les premiers temps, tout se passait pour le mieux. La vie me paraissait idyllique et puis d'un seul coup, il a changé. Il devenait jaloux, possessif. J'étouffais. Il me prenait ma liberté. Un soir, je ne l'ai plus supporté. Je lui ai dit : "C'est fini, je pars, j'en ai franchement marre de tes scènes". Il a essayé de me retenir, mais j'avais atteint un point de non–retour. Et j'ai recouvré ma liberté. Au fond de moi, j'ai toujours su que notre histoire finirait comme cela. Je l'ai croisé quelques semaines plus tard au bras d'une jeune femme qui paraissait dix ans de moins que moi qui portait le doux nom de Julie, une belle blonde aux yeux bleu-vert. Il se tapait une petite jeune, ça faisait sûrement un moment qu'ils étaient ensemble à leur façon de se lover. Ce connard me trompait depuis un bon moment et je n'avais rien remarqué. Elle ne travaillait pas avec moi, c'était un moindre mal. J'en ai profité au passage pour l'insulter en plein magasin. Ça m'a défoulé et ça m'a fait un bien fou. Sa pouffiasse est restée bouche bée devant la scène. Lui, la honte de sa vie. Je savais très bien que c'était puéril mais ça m'a permis de continuer à passer une bonne journée et surtout à autre chose, l'oublier.

Alors, je suis de nouveau sur le marché si je puis dire. Après, il faut que je t'avoue une chose. Je ne t'ai jamais vraiment oublié.

— Moi non plus, Alexandra.

— Et j'ai une chose à te donner, lâcha Alexandra.

Je la gardais dans ma poche le jour où je te verrais. Ce moment est donc arrivé.

— Tiens ! ouvre-là.

— Mais c'est quoi ? insista Pierre. Il ouvrit l'enveloppe, elle contenait un billet, un billet de train. C'était le sien. Elle sortit une deuxième enveloppe.

— Tiens ! ouvre-là. Il l'ouvrit. Elle contenait un deuxième billet. Il lut la provenance, la destination, la date, l'heure, le wagon, la place puis il sourit.

— Pourquoi as-tu conservé ce billet d'un parfait inconnu ? Alexandra lui serra la main tendrement et lui avoua :

— Parce que ce jour-là, j'ai croisé un homme qui m'a fait rêver.

Le barman nous chassa. Lui aussi avait droit d'aller se coucher. Je regardais ma montre. Il était déjà 1 h. Je n'avais pas vu le temps passer. Le réveil promettait d'être dur mais paradoxalement moins que les autres jours. Peu importe, j'avais passé un très bon moment en sa compagnie… une bonne soirée inattendue.

Arnaud Fields, Alain Vallois

Le 6 mai 2007, Paris

Le débat

Le jour du débat tant attendu était arrivé. Les deux candidats arrivèrent chacun de leur côté. Arnaud au bras de Stéphanie rayonnante dans un pantalon beige qui lui allait comme un gant. Les photographes ne s'étaient pas trompés. Le couple dégageait un glamour qui ne manquait pas d'attirer la lumière. Arnaud était habillé sobrement, costume bleu rayé, le teint légèrement bronzé. Il avait l'air étrangement à l'aise. Même les journalistes paraissaient déconcertés devant cette décontraction insolente. On aurait cru qu'il se rendait à une simple réunion… du moins en apparence. Personne ne parvenait à cerner le personnage et c'est bien ce qui intriguait les journalistes. Le renouveau. Pour la première fois, pourtant, Arnaud avait fort à faire. Son adversaire, bien qu'affaibli, était donné perdant dans tous les sondages mais n'en était pas moins valeureux et coriace. Alain Vallois avait passé quand même 5 ans à la présidence de la République, il en connaissait tous les rouages et avait pour lui l'expérience. Il était aussi un redoutable orateur et avait l'intention de vendre chèrement sa peau. Il était en costume bleu marine, chemise blanche, la cravate à carreaux bleus finement rayée, la panoplie typique du président. Il mesurait dans les 1,80 m, brun, cheveux courts, élancé, les yeux marron clair. Quand il tendait ses longues mains, on aurait cru qu'il embrassait le monde. C'était sa force, l'empathie mais aussi sa faiblesse. Affronter un tel homme sur sa vie privée serait une grave erreur stratégique. L'attaque devrait être portée rapidement et d'une manière plus subtile. Une de ces petites phrases de toutes les présidentielles, qui fait mouche et reste dans les annales, disqualifiant l'autre candidat. Un à un, ils entrèrent sur le plateau. Chacun s'asseyait respectivement face à face. Arnaud prit volontairement son temps, tançant au passage Alain Vallois du regard qui, en vieux briscard ne détourna jamais. Chacun avait les deux mains solidement ancrées sur la table. La tension était déjà palpable. Elle monta d'un cran lorsque le présentateur Frédéric Bernard posa la première question.

— Messieurs, le premier sujet sera l'économie. Les Français s'interrogent sur leur avenir et ont souhaité savoir quelles sont les dispositions fiscales que vous comptiez prendre pour leur redonner du pouvoir d'achat. Arnaud Fields, c'est vous, par tirage au sort effectué au début de l'émission, qui prendrez la parole le premier. Arnaud débuta ainsi :

— Tout d'abord, laissez-moi vous rappeler que durant ces cinq dernières années, le chômage n'a cessé d'augmenter contrairement à nos voisins européens. Nous sommes à peu près à 10 % tandis que les autres pays de la zone euro sont tous en dessous des 8 %. Et le chômage des jeunes ne cesse de croître. N'oublions pas que la jeunesse est l'essence même de notre nation. Un gouvernement qui ne donne pas de chance aux jeunes de s'émanciper est indigne de gouverner.

— M. Bernard. Laissez-moi répondre à cette attaque grossière qui au passage, je tiens à vous le signaler, n'a répondu en rien à votre question. Je pense que vos auditeurs auront compris qu'Arnaud Fields comptait m'invectiver plutôt que de défendre son non programme si je puis dire. Je trouve, Monsieur le candidat Fields, que l'opposition vous sied très bien et que vous devriez vous cantonner à ce que vous savez faire le mieux peut-être, être maire.

Cela faisait un zéro. Beaucoup d'adversaire auraient déjà été KO. Mais il en fallait bien plus pour abattre Arnaud Fields. Il en avait croisé bien d'autre, des adversaires bien plus rusés.

— M. le futur ex président Vallois, vous semblez oublier que votre bilan économique est plus que médiocre. Nos exportations ont dégringolé, entraînant une chute de nos ressources financières. Je ne sais pas par quel mensonge vous apporterez du pouvoir d'achat aux Français, sinon en creusant le trou de notre dette.

— M. Fields, je vous retourne la question.

— Avant tout en relançant notre économie, en créant des pôles d'excellence. Tout le monde sait, sauf vous visiblement, que la France est enviée pour ses employés très qualifiés, son art de vivre, sa beauté et ses entreprises de haute technicité et son luxe. Formons ces jeunes et reconvertissons les personnes plus âgées en recherche d'emploi. N'est-ce pas là un terreau de forces vives ? Voilà comment je redresserais la France. Cela faisait un partout.

— Vous parlez ! Vous parlez ! Mais avez-vous déjà mise en œuvre une politique ?

— Non ! Mais du sang neuf ne fera pas pire qu'actuellement.

— Vous m'insultez !

— Messieurs, le débat était jusqu'à présent courtois. Un peu de respect s'il vous plaît.

Deuxième question que les auditeurs ont souhaité que vous abordiez. Le logement. Comme beaucoup, le logement est un facteur d'exclusion. Les Français ne vous ont pas beaucoup entendu sur ce sujet. Ils aimeraient que vous leur apportiez quelques précisions. Vous avez chacun 5 min pour exposer vos propositions. M. Vallois, c'est à votre tour, vous avez d'ailleurs 1 min d'avance, si vous le souhaitez, vous pourrez empiéter d'une minute sur votre temps de parole.

— Merci M. Bernard,

— C'est la règle.

— Effectivement, dès le départ, mon gouvernement a mis l'accent sur le logement social, nous avons imposé des quotas par ville pour créer une mixité sociale, un brassage de la population. Certes, tout n'est pas parfait, certains sont durs à désenclaver mais nous y efforçons depuis 5 ans. Notamment, en réhabilitant les quartiers dans des structures plus petites telles que des pavillons ou des immeubles de 3 étages plutôt que des tours impersonnelles. Nous avons réquisitionné au grand dam des propriétaires, des appartements inoccupés et les réaménageons en logements sociaux. Durant nos cinq ans, nous avons construit ou aménagé pas moins de 100 000 logements.

— M. Fields, vous avez la parole.

— Des immeubles impersonnels, c'est comme cela que vous traitez les gens qui vivent dedans. Continuez comme cela et vous allez bientôt les traiter de gueux. Quel mépris ! Voilà pourquoi votre électorat vous fuit.

— M. Fields, cessez, je vous prie, de m'insulter ! Vous vous ridiculisez.

— Non, je dis juste la vérité. Pendant que vous, vous votez des augmentations dans le dos des Français, je ne vous blâme pas, vous n'êtes pas le seul, vous demandiez aux Français de se serrer la ceinture. Avouez que la situation serait cocasse si elle n'était pas méprisable. Alors certes, vous avez l'avantage de l'âge mais dans votre situation, est-ce vraiment un avantage ou plutôt un boulet que vous allez traîner pour un bon moment. Votre projet d'aménagement est ambitieux mais vous avez oublié de dire qu'aucun budget n'avait été alloué et voté pour le financer, à moins que vous comptiez lever de nouveaux impôts au cours de votre prochain mandat. Je vous remercie donc de la future ardoise et j'en laisse juge les Français, je suis sûr qu'ils apprécieront votre façon, pourrait-on dire assez fantaisiste, sinon cavalière, de gérer un budget. De plus, contrairement à vous, je n'ai pas passé le clair de mon temps dans l'apparat politique. J'ai exercé un métier, chose qui vous est parfaitement étranger. J'ai côtoyé la finance qui fait partie prenante de notre économie.

— M. Vallois, il vous reste une minute si vous souhaitez répondre à M. Fields.

— M. Fields vous avez beau avoir fait partie de l'une des plus belles institutions françaises de notre pays, cela ne vous permet en aucun cas de mettre en doute mon intégrité. Je vous souhaite, si vous étiez amené à exercer cette haute fonction, de ne pas vous faire lyncher de la sorte et que votre adversaire soit plus respectueux. Je n'ai plus rien à ajouter.

— Messieurs votre temps de parole est écoulé. J'espère que ce débat aura éclairé vos électeurs. Et je vous donne donc rendez le samedi 9 mai pour le résultat. Bonne chance à vous deux.

Les deux candidats se levèrent, serrèrent la main du présentateur puis se serrèrent froidement la main. Arnaud Fields, malgré sa jeunesse, partait l'air confiant. Il avait fait, contrairement à tous les pronostics des journalistes, jeu égal avec son adversaire, voire mieux. Il était parvenu à pointer méticuleusement les faiblesses du programme d'Alain Vallois sans exposer les siens. Sa tactique avait fonctionné à merveille. Il remercia au passage ses cours de l'ENA et son ancien job qui l'avaient bien formé.

Arnaud quitta le studio d'enregistrement. Stéphanie le suivait.

— Chéri, tu as été formidable. Les sondages te donnent une avance confortable. Arnaud lui serra la main et lui dit :

— Attendons les résultats. L'humeur du peuple est souvent changeante. Ils m'auront peut-être trouvé trop entreprenant limite arrogant. Ceci dit, j'ai bien senti qu'Alain Vallois avait été à plusieurs reprises, déstabilisé. Rentrons tranquillement à la maison, j'ai besoin de souffler un peu et de t'avoir à mes côtés et de passer une bonne fin de soirée en tête à tête. Nous l'avons bien mérité.

Arnaud Fields

Le 20 mai 2007, Paris

Quelques jours s'étaient écoulés entre le débat et le moment tant attendu du résultat. Les deux camps s'étaient livrés à une lutte acharnée. Après le débat, Arnaud avait remobilisé ses troupes en insistant bien sur le fait que rien n'était joué, que la vigilance devait rester de mise. Ils les avaient exhortés dans la dernière ligne droite à visiter chaque ville, chaque maison, chaque village. Les dés aux derniers sondages semblaient déjà jetés. Le débat n'avait fait qu'accentuer son avance pourtant déjà conséquente.

Arnaud et Stéphanie arrivèrent main dans la main. Cette épreuve les avait encore plus soudés. Stéphanie avait été un soutien de tous les instants et n'était pas étrangère à son futur succès. D'ailleurs, son regard à son attention ne trompait pas. Un homme à la fois amoureux, triomphant, respectueux des sacrifices qu'elle avait dû consentir, traversait la foule dense. Stéphanie paraissait comme un poisson dans l'eau dans ce monde de requins. Un journaliste présent tapa sur l'épaule de son caméraman et, en suivant Arnaud fendre la foule au bras de Stéphanie dit :

— Tu as vu ? Elle est devant.

La remarque méritait d'être soulignée. La foule lui était toute acquise. Telle une rockstar, Arnaud essaya de se frayer un chemin à travers les nombreuses personnes présentes qui, à son passage, immortalisaient via leurs smartphones l'instant présent et tentaient de lui subtiliser une poignée de main.

C'était de l'hystérie, une pure hystérie. Il n'avait jamais connu un tel engouement et cette énergie le regonfla à bloc. Il monta les escaliers et resta un long moment immobile devant la foule qui ne cessait de scander son nom. Il se rendait enfin compte de ce qu'il venait d'accomplir, des sacrifices qu'ils avaient concédés, de la charge qui désormais lui incomberait, de l'énorme attente à satisfaire. Ça ne lui faisait cependant pas peur. Il touchait là son Graal, sa raison de vivre. Puis, il leva la main et la foule se tut et il déclara :

— Français, Françaises, c'est avec un immense honneur que j'accepte la confiance que vous m'avez accordée et l'immense tâche qui m'est assignée. J'espère que j'en resterai digne.

Il redescendit de la scène puis se dirigea vers la salle de cérémonie. Il prit une coupe de champagne, la leva et remercia un à un les directeurs de sa campagne.

De son côté, Xavier était passé à autre chose. Fini ses envies de campagne. Il aspirait à retrouver un semblant de vie, tentait de se reconstruire, faisant fi de toute notoriété. Vanessa avait repris contact avec lui.

Un après-midi, ils se retrouvèrent autour d'un café. Ils se remémorèrent leur enfance commune.

— Finalement, Xavier, on n'était pas si mal tous les deux ! lui révéla Vanessa. J'ai toujours su que tu ne serais pas doué en politique. Maintenant que tu as bien chuté, c'est à mon tour de t'aider à te relever.

C'était les premières paroles sincères et entières qu'il avait entendues depuis des années. Les semaines suivantes, Xavier et Vanessa se redécouvrirent des sentiments communs qu'ils n'avaient, sans s'en rendre compte, jamais perdus. Seul, un coup du sort les avait éloignés mais la vie les avait rapprochés tout naturellement.

Arnaud Fields

Le 21 mai 2007, Paris

Le lendemain, la nuit avait été longue et bien arrosée. Une voiture s'avança devant la porte de son immeuble, Arnaud attendait devant l'entrée. Il monta dans la voiture aux vitres noires fumées. Le portier referma la porte doucement.

La voiture traversa tout Paris encadrée de deux motos de chaque côté, tout gyrophare allumé. C'est au moment où la voiture pénétra dans l'enceinte de l'Elysée qu'il réalisa qu'il était Président de la République. La voiture s'arrêta, la porte s'ouvrit, il descendit. Alain Vallois était sur le perron. Il se dirigea fièrement à sa rencontre. Ils échangèrent une poignée de main chaleureuse. Alain Vallois avait essuyé une cuisante défaite, pourtant il n'avait pas l'air de lui en tenir rigueur, il connaissait si bien les règles de la politique mais il avait toujours gardé en tête sa phrase. Arnaud devint Président par cette belle journée ensoleillée. C'était le 21 mai 2007, c'était l'année du cochon en Chine, la presse la surnomma *l'année du Phacochère*. Allez savoir pourquoi. C'était un animal pas très flatteur.

Alain Vallois monta à son tour dans la voiture aux vitres noires fumées. La porte se ferma. La voiture démarra, un quinquennat se terminait et un autre débutait. La voiture s'éloigna progressivement, les sirènes de l'escorte se turent. Arnaud pénétrait à l'intérieur du palais de l'Elysée. Ses parents étaient assis quelques pièces plus loin. Il les rejoignit. Tout n'était que dorures et velours. Il touchait le faste de la République. Il avait eu beau avoir fréquenté les hautes sphères de la finance, être Président dans un palais aussi reluisant l'impressionnait. Bravant toutes les règles protocolaires, il ne put s'empêcher d'embrasser ses parents. Ils étaient fiers du parcours de leur fils. L'instant était plus intime.

— Pierre n'est pas avec vous ? dit-il.

Les parents paraissaient, d'un seul coup, gênés.

— Non malheureusement, il n'a pas pu venir, il a été retenu à Chalon-sur-Saône pour des raisons purement professionnelles.

— Mais nous sommes dimanche. Et il travaille le dimanche ?

— Il faut croire que oui.

— C'est dommage ! J'aurais bien aimé l'avoir à mes côtés. Cela fait tellement longtemps avec toutes ces campagnes que je n'ai pas eu de nouvelles et que nous ne nous sommes vus. J'espère qu'il ne pense pas que je l'ai oublié.

— Mais non ! Il est juste un peu occupé mais on lui dira.

— Je compte bien que nous passions le prochain Noel ensemble, en famille, comme avant.

Depuis notre rencontre au bar *l'Envol*, des mois s'étaient écoulés. Alexandra et moi avions retrouvé le désir un temps perdu. Tout était revenu comme au temps de L'ANPE. Nous partagions désormais notre vie à deux depuis maintenant deux ans. Nous venions d'ailleurs tout juste d'emménager dans un nouvel appartement bien plus spacieux.

Du coin de l'œil, je suivais attentivement le parcours politique d'Arnaud, de son débat plein de panache avec Alain Vallois à son investiture en Président de la République. Il était devenu le Français le plus important. Je savais que ce statut le rendrait encore plus difficile à approcher et contacter. Le nom Fields serait désormais synonyme de réussite. J'étais fier de mon frère. Cependant, il me manquait depuis tout ce temps terriblement. Nos choix de vie et nos parcours professionnels nous avaient complètement éloignés au point de ne plus pouvoir se parler.

Alexandra se posa derrière moi et s'amusa à me surprendre à rêvasser.

— Pierre, tu sembles pensif.

— Un peu, c'est vrai.

Alexandra alluma la télévision. Quand soudain, apparut le visage de mon frère Arnaud. Mon visage se figea. Le regard d'Alexandra se dirigea en direction de la télévision puis se posa sur moi.

— Pierre, ce visage t'es familier ?

— Non, pourquoi ?

Je trouve un air de ressemblance.

— Non, tu te trompes.

— Ton nom est bien Fields ?

— Oui.

— Tu ne serais pas le frère d'Arnaud Fields ?

— Non, il s'agit sans doute d'un homonyme. Tu sais, Fields est un nom courant en France.

Alexandra marqua un temps d'arrêt, demeura à son tour pensif et répondit :

— Tu as sans doute raison. Puis, son naturel revint au galop. Elle arborait de nouveau la banane jusqu'au menton. Elle me tapa sur l'épaule et m'embrassa dans le cou. Je ne l'aurais jamais imaginée aussi taquineuse et romantique. Elle avait bien caché son jeu mais j'appréciais ce geste sincère qu'aucune personne ne m'avait fait jusqu'à présent.

— Tu sais quel jour nous sommes ? lui dis-je.

— Mardi, me répondit-elle naturellement.

— Tout juste.

— Et alors, en quel honneur ce somptueux repas ?

— Nous sommes exactement le 10 avril. Nous fêtons donc nos un an de vie commune.

— Tu es un amour Pierre d'y avoir pensé.

— Donc, ce soir, je voulais que nous pensions à nous et que nous partagions une soirée unique pour te remercier de la chance que j'ai chaque jour de t'avoir rencontrée.

— Tu es adorable Pierre.

— Ce soir, c'est moi le maître de cérémonie. Tu es plus habituée à servir les autres. Ce soir, les rôles sont inversés. Laisse-toi porter par l'instant présent et profite.

Pierre recula la chaise et Alexandra s'assit.

— Mademoiselle Bertier, je vous propose en entrée froide, un carpaccio de Saint Jacques sur son lit d'aneth citronnée, en entrée chaude bouchée à la reine de ris de veau champignon sauce persillade, en poisson, queue de langouste sauce à l'armoricaine riz, en viande un pavé de bœuf sauce foie gras accompagné de son gratin dauphinois et enfin en dessert un grand classique, moelleux au chocolat sauce anglaise.

Pour le poisson, je nous ai choisi un petit vin blanc Montagny premier cru, et pour la viande, un vin rouge de Beaune premier cru dont tu me donneras des nouvelles.

— Quelle agréable attention.

Je ne te connaissais pas de tels talents culinaires.

— Disons qu'on ne naît pas Bourguignon pour rien.

— Wouah, je suis impressionnée, tu sais réellement cuisiner tous ces plats ?

— Oui disons que mes instants de solitude m'ont obligé à mettre la main à la pâte, et les petits plats de maman ont fini par m'initier à la bonne cuisine.

Les plats finement dressés se succédèrent, tous plus délicieux les uns que les autres.

— Tu m'étonnes, c'est une tuerie. La preuve, l'assiette est vide. Chapeau ! une vraie réussite. Comme ça, tu n'auras même pas besoin de la mettre au lave-vaisselle. Tu la remettrais au placard que personne n'y verrait que du feu.

— Ah taquine.

— Et alors la suite chef.

— Petit moelleux au chocolat sur son lit de crème anglaise.

— Le titre est prometteur et je vois que tu as bien retenu mes goûts. Goûtons à ce sublime dessert. Félicitations, il est encore meilleur que beau.

— Et avec ça, je te serre une coupe de champagne, un peu de légèreté des bulles permettra de t'envoler.

— La classe en plus.

Là, elle craqua. Elle se leva et m'embrassa vigoureusement.

— Je ne regrette pas d'être avec toi, Pierre. Avec toi, je suis bien.

— Attends miss Alexandra, tu as oublié quelque chose.

— Quoi ?

— Regarde sous la nappe.

— Oh, le coup de l'enveloppe, c'est une blague ? Copieur !

— Vas-y ouvre !

— C'est quoi ?

— Lis !

— Ah y a deux lettres.

— Commence par la lettre bleue.

Alexandra

Cela fait un an que nous nous connaissons et jamais je ne me suis senti aussi bien. Notre parcours a connu des hauts et des bas, j'ai connu une femme à la fois forte et fragile. Rien n'a été facile mais nous nous sommes rapprochés, accrochés et plus quittés. Grâce à toi, j'envisage la vie à deux. Je bénis le jour où j'ai croisé ton regard, ce jour-là, j'ai toujours su que ce serait toi. Et toutes ces épreuves m'ont appris à y voir encore plus clair et trouver une épaule sur laquelle je puisse me reposer.

P.S : N'oublie pas d'ouvrir la deuxième enveloppe, la verte.

Alexandra décacheta la deuxième enveloppe. Il y avait une feuille cartonnée sur laquelle était inscrit : « Bienvenue en Italie, nous aurons le plaisir de vous accueillir dans notre hôtel à Rome situé à deux pas du Colisée ». Ses yeux s'humidifièrent.

Elle se leva de nouveau et l'embrassa infiniment, s'approcha de son oreille et murmura d'une voix suave « Grazie mille ». Ces deux mots en italien traduisaient à eux seuls la magie du moment présent.

Puis, elle reprit ses esprits.

— Non Pierre, allez, au fait, tu te moques de moi, tu es passé chez le traiteur après ton travail.

— Non du tout, c'est bien moi. D'ailleurs ma chemise blanche en porte encore les stigmates. Une bonne éclaboussure de sauce au mixeur et le tour est joué. La chemise blanche finit mouchetée et comme tu es arrivée plus tôt que prévu, je n'ai pas eu le temps de la changer. Rien de tel qu'un petit dîner improvisé n'est-ce pas ?

— Certo !

Pierre Fields, Alexandra Bertier

Le 15 mai 2008, Rome

Le train nous acheminait tranquillement à Rome. Nous dormîmes parfaitement bien malgré le bruit de la cabine d'à côté où un groupe de jeunes avait passé une partie de la nuit à fêter un anniversaire. Il fallait bien que jeunesse se passe. 10 h 03, le train entrait dans la gare Termini. Nous descendîmes et nous nous dirigeâmes directement à l'hôtel situé à quelques pas de la gare pour déposer nos valises. Dans la foulée, j'emmenai en premier Alexandra découvrir le Colisée. Début mai était le début de la saison touristique. Il n'y avait pas foule et aucune file d'attente, comme en été. Nous pénétrâmes au bout de quelques minutes sans encombre dans l'enceinte de ce monument emblématique de la ville. J'avais déjà foulé plusieurs fois son sol. Et à chaque fois, je m'émerveillais de la beauté et de la valeur historique de ces lieux. Quelle sensation de se sentir au cœur de l'histoire romaine qui a vu s'affronter tant et tant d'illustres gladiateurs. Des vies entières avaient disparu à grands coups de glaive et son arène célébrait autant de victoires. L'architecture n'avait rien à envier à nos bâtisseurs contemporains, avec plus de temps et moins de moyens.

Nos billets donnaient accès au Palatino, un jardin somptueux qui surplombait Rome. En bout de jardin, la vue panoramique de la ville était à couper le souffle. Nous en profitâmes pour demander à un couple de touristes de nous prendre en photo. Nous nous amusâmes à repérer chacun notre tour un monument connu. Après avoir serpenté les innombrables ruelles de la ville et au bout de quelques minutes de marche, la Fontaine de Trévi s'offrait à nous, coincée entre la via de Lucchesi et la via delle Muratte. Une telle beauté se méritait. Alexandra resta émerveillée. Il est vrai que personne ne pouvait s'attendre à croiser au détour de ces rues étroites une fontaine aussi somptueuse. Nous nous approchâmes tous deux au bord du bassin et nous nous tournâmes. Tout en faisant un vœu, nous lançâmes une pièce. Il était bientôt midi, nous nous mîmes à la recherche d'un restaurant. Dans une ruelle près de la piazza Navona, nos regards se portèrent sur une trattoria dont la devanture était sans prétention mais d'où l'odeur qui s'en échappait était fort encourageante. Une jeune serveuse nous accueillit avec un sourire avenant. Elle nous plaça à deux pas des fourneaux. Je pouvais voir la cuisine de ma place. Aux commandes, la jeune cheffe donnait de la voix et maniait couteaux et casseroles avec dextérité.

Ici, contrairement à la France, il n'y avait pas de menu entrée plat dessert. La carte parlait de primo, secondo piatto et dolce. En Italie, les spaghettis à la bolognaise ou carbonara sont considérés comme une entrée. Pour goûter aux deux, l'un prit bolognaise, l'autre carbonara. La serveuse nous apporta nos deux entrées respectives. En plat principal, se dressait devant nous une magnifique escalope de veau agrémentée d'une sauce aux champignons et riz. Ce bon repas se termina par deux magnifiques tiramisu suivis pour moi, par un superbe capuccino qui ne manqua pas de faire éclater de rire

Alexandra, en voyant les deux énormes moustaches créées par la mousse onctueuse autour de ma bouche.

Nous quittâmes la trattoria en direction du Panthéon non sans remercier en italien les propriétaires de ce charmant restaurant. Je saisis Alexandra par le bras et l'engagea dans la via Uffici del Vicario située juste devant le Panthéon. Je m'arrêtai au numéro 40. L'enseigne indiquait gelateria. Je l'attirai à l'intérieur. Elle ne comprit pas tout sur le coup puis lorsqu'elle aperçut la vitrine remplie d'une bonne centaine de parfums, elle craqua immédiatement.

— Vous prendrez bien une glace s'il vous plaît mademoiselle ? Lui lançais-je d'une voix pleine de malice.

— Oui, monsieur, avec 2 boules et plein de chantilly et un cornet tout chocolat, per favore.

— Ah non ici, ce ne sont pas des boules mais des plâtrées.

Elle prit citron et fraise, de mon côté je choisis pomelo rosso et citron, une valeur sûre. Les agrumes rafraîchissaient sous le soleil qui, malgré la période, brûlait déjà. Je me souvins que Rome comportait un nombre incalculable de fontaines gorgées d'eau de source pure et très froide qui remplirent agréablement nos bouteilles. Après une bonne journée de marche, nous décidâmes de rentrer tranquillement à l'hôtel, non sans avoir pris le temps de dîner en terrasse à la lueur de la Lune. Le romantisme était à son paroxysme. Nous étions tous les deux, loin du quotidien, nous étions bien.

Le deuxième jour, la nuit avait été douce et tendre. Après le petit déjeuner, direction le métro à la gare Termini pour nous rendre de bonne heure au Vatican.

Nous n'étions tous deux pas de grands fervents de la passion religieuse mais nous apprécions cependant les chefs d'œuvres imaginés par les plus grands artistes peintres et sculpteurs par leur dévotion. Il y avait déjà une file d'attente imposante. Par précaution, quelques semaines plus tôt, j'avais réservé sur le net des billets coupe-file. Le musée s'étendait sur plusieurs niveaux réservés à la période romaine, égyptienne, étrusque ainsi que des salles dédiées aux tableaux de maître tels que Léonard de Vinci, des sculptures de statues sans oublier le clou du spectacle, la Chapelle Sixtine. Alexandra tomba en arrêt devant la salle des momies égyptiennes. Elle était tout comme moi fascinée par cette civilisation ancienne qui avait redoublé d'ingéniosité pour construire toutes ses merveilles telles que les Pyramides, le Sphinx et des inventions dont on se sert encore au quotidien telles que le peigne. Mais son plus grand émerveillement s'affichait sans conteste lorsqu'elle contempla ces deux momies d'un homme et d'une femme réunis l'un à côté de l'autre des milliers d'années plus tard. C'est vrai qu'il y avait quelque chose d'émouvant à observer ces deux êtres réunis, parfaitement conservés. Je me rappellerai toujours quand, à la fin de la visite, nous avions pénétré dans la Chapelle Sixtine, le "Silence please" entonné religieusement par un prêtre. On se serait cru au cœur de la foi catholique. C'était à la fois surréaliste et troublant, cette marée humaine qui se déplaçait pour visiter ces lieux aussi petits.

Ce lieu était un paradis pour celui qui appréciait l'art.

Une fois la visite terminée, j'emmenai Alexandra en métro à la plage. Après un peu moins d'1 h de trajet, nous arrivâmes à Ostia où nous nous baladâmes le long des plages de sable pour humer les embruns de la mer Adriatique. Nous nous détendions avec un bon bain de soleil et de mer. Le vent marin était frais, une fois sorti de l'eau. Alexandra frissonnait un peu. J'en profitai pour lui frictionner les épaules et le dos, geste qu'elle apprécia et salua par un beau sourire.

Cette journée nous permit de nous découvrir encore un peu plus et confirmer qu'une vraie histoire se tissait entre nous deux.

Le week-end se termina sur ces notes sucrées. Nous repartîmes en train, le cœur chargé de souvenirs et de joie. Notre billet à destination de nos deux cœurs était validé.

Pierre Fields, Alexandra Bertier, Lisa, Simon, Sophie

Le 3 septembre 2008, Chalon-sur-Saône

Quelques semaines après mon week-end à Rome avec Alexandra où notre couple s'était soudé, Alexandra décida de franchir un palier et de me présenter à sa famille. Le visage de mon frère affiché dans tous les journaux et les médias, continuaient à me hanter. Je m'étais moi aussi astreint à rédiger une lettre de félicitation pour son élection à la Présidence de la République avec la mention « Tendrement ton frère qui t'adore ». Ma lettre resta lettre morte sans doute noyée sous la pile de dossiers quotidiens. Je compris que le contacter ne serait pas chose facile. Il n'était désormais plus seulement mon frère mais le Président de tous les Français, soit la bagatelle de plus de 60 millions d'habitants. Alexandra me pressa. Le départ du train de Montpellier en direction de Beaune était prévu à 6 h 30 pour une arrivée à 10 h 30. Le rendez-vous avec ses parents était fixé en gare vers 11 h 30. Elle avait réservé le premier train pour se laisser une marge afin d'éviter d'arriver en retard pour la première. Alexandra avait l'habitude de ce genre de péripéties au cours de toutes les années où elle faisait l'aller-retour Montpellier Beaune. Ses parents habitaient Beaune, une très belle petite ville située au milieu de la Bourgogne. C'est une ville réputée mondialement pour ses hospices où, chaque année, a lieu la plus grande vente de vin au monde dont les fonds sont entièrement versés à des œuvres de charité. Les petites villes qui l'entouraient portaient des noms prestigieux : Meursault, Clos Vougeot, Mercurey, Vosne Romanée, Pommard, que de grands crus. C'était une ancienne ville médiévale qui avait su se moderniser et profiter de sa situation géographique et historique. Ses parents habitaient une petite maison en duplex avec une petite cour intérieure. Ce n'était pas une maison bourgeoise dont la ville regorgeait. Elle ne payait pas de mine à l'extérieur mais l'intérieur mêlait harmonieusement moderne et ancien. La mère d'Alexandra, Lisa, sur le pas de porte, lui ressemblait comme deux gouttes d'eau en plus âgée. Lisa avait ce même sourire radieux qui vous met tout de suite à l'aise. Alexandra se mit à rire.

— Bah Pierre, tu peux t'arrêter de lui serrer la main.

— Ah pardon Madame.

— C'est Lisa, Pierre.

— Entrez ! je vous en prie. Vous avez fait bon voyage ?

— Oui maman, répondit Alexandra.

— Je me souviens de soirs où j'ai dû rester planté sur le quai à t'attendre quand tu revenais tous les week-ends, lança Lisa.

— Oui, tout change. L'atmosphère était des plus détendue. Et le père d'Alexandra, Simon, n'était pas en reste.

— Et bien mon garçon, il paraît que vous avez conquis notre Alexandra. Vous avez bien du courage !!! Rassurez-vous je plaisante.

— Ouf quel taquineur ! dit Alexandra. Ils étaient si accueillants que je me serais presque cru comme à la maison. Une vraie et belle famille. Je mesurais la chance d'en faire partie.

Lisa me dit :

— Alors comme ça, il paraît que vous êtes un véritable cordon bleu, que vous cuisinez du 3 étoiles.

— Ce n'est pas joli joli Alexandra de me balancer et d'avoir vendu la mèche. Alexandra pouffa de rire. Sa sœur n'en perdait pas une miette.

— Pierre, je te présente ma sœur Sophie.

— Ravi Sophie

— De même Pierre.

— Alexandra n'avait pas menti, vous êtes aussi belle qu'elle.

— Eh Pierre, elle est mariée et mère de deux bambins qui courent autour de cette table.

— Ah ! Trop drôle ! Dommage. Alexandra lui donna un petit coup de poing que tout le monde remarqua et rigola encore plus quand Sophie s'exclama :

— Ne t'inquiète pas. Pierre n'est pas mon genre. Remarque ! Il sait bien faire la cuisine.

— A propos de cuisine, vous devez avoir faim s'exclama Lisa. Je vous propose de passer à table. Bon, Pierre, ce n'est pas du trois étoiles.

— Ne t'inquiète pas maman, Pierre n'est pas difficile, il lui arrive la semaine de manger du steak frite. Pierre nota en lui serrant la main sous la table qu'à aucun moment, elle n'avait mentionné sa condition passée. Le repas continua dans la même bonne humeur. Ses parents l'appréciaient visiblement beaucoup, sans doute pour sa simplicité et son naturel. Son père, d'habitude si réservé, s'aventura même à raconter des blagues qu'on ne lui connaissait pas. Ils voyaient leur fille heureuse comme jamais auparavant et ils partageaient ce plaisir qu'ils n'attendaient plus. Sa sœur non plus ne resta pas insensible, surtout quand Pierre invita ses deux garçons sur le canapé pour leur conter une de ses parties de pêche mémorable. Il n'avait nul pareil pour les raconter. Les deux garçons buvaient ses histoires comme des paroles d'évangile. Ils étaient captivés. Sophie lui demanda :

— Dites-moi Pierre vous travaillez dans quel domaine ?

— Dans le commerce.

— Vous avez déjà pensé à changer de métier, plus dans le social.

— Oui, c'est tout à fait envisageable.

A vrai dire, nous y avons pensé avec Alexandra. Nous comptons créer une association pour aider les familles d'enfants malades et leurs enfants.

— Pierre a aussi d'autres talents. Il s'est lancé dans l'écriture d'un roman et cherche à le faire éditer. Ses gains serviront à couvrir une partie des financements.

— Beau projet.

— Sophie m'autoriseriez-vous à emmener Luc à la pêche un après-midi ? Luc était aux anges. Il m'a chuchoté à l'oreille qu'il était passionné.

— Volontiers.

— Et quant à Philippe, j'ai un ami à quelques kilomètres d'ici qui est propriétaire d'une piste de karting. Alexandra m'a dit qu'il était passionné de sport mécanique. D'ailleurs votre mari pourra se joindre à nous.

— Oui, avec plaisir

— Ce sera une manière originale de faire connaissance.

— Je valide ! dit-elle.

Le rendez-vous avec une autre vie était pris. Il était temps de profiter du bonheur et pour en faire profiter ceux que j'aimais, ma nouvelle famille.

— Nous allons devoir prendre congés. Bises. On va récupérer un peu. A demain.

Arnaud Fields

Le 6 janvier 2009, Paris

La rue était en ébullition. La foule était en colère. Partout dans le pays, l'orage grondait. Il n'y avait qu'un sourd qui ne pouvait ignorer ce mécontentement grandissant. Femmes, hommes, enfants de tous âges défilaient côte à côte dans la rue. Le pire restait à venir. Des groupuscules extrémistes commençaient à émerger des rangs et se mêler à la foule devant la non-réponse et le mépris apporté par le gouvernement d'Arnaud. Les violences allèrent crescendo et prirent une toute autre tournure quand quelques individus pénètrent dans la mairie et saccagèrent tout à l'intérieur. Leur sauvagerie fut telle que même l'interposition des forces de l'ordre eut du mal à les contenir et les repousser. Ils furent finalement boutés hors de la mairie à grands coups de matraques et de gaz lacrymogène. Les images firent le tour de la planète. Les forcenés poursuivirent leur forfait en longeant les quais en direction des Champs Elysées, dévastant tout sur leur passage. Vitrines, poubelles, scooters, voitures, mobilier urbain tout y passait. Pourtant ce n'étaient que des objets financés légalement par les impôts d'autres manifestants, somme toute pacifistes, qui ne gagnaient certainement pas un salaire plus élevé et qui, en constatant l'ampleur des dégâts, réprouveraient ce genre d'agissement. Ces individus visaient désormais une autre cible bien plus prestigieuse, le cœur du pouvoir...

l'Assemblée Nationale. Ils ne purent jamais l'approcher. Le gouvernement avait mis en place un cordon de sécurité qui filtrait et interdisait son accès, excepté le personnel et les députés eux-mêmes. Comme avait dit Arnaud : « On ne touche pas à l'Assemblée Nationale ». Devant l'importance des forces déployées, ils renoncèrent et se dirigèrent vers une autre cible. Leur stratégie consistait à être mobile, un peu comme un pyromane qui multiplie les foyers pour diviser les forces en présence et leur rendre la tâche beaucoup difficile.

Depuis des semaines, les forces de police étaient sans cesse mobilisées, à la limite de l'épuisement. Il n'aurait fallu qu'une étincelle pour mettre le feu aux poudres. Mais Arnaud restait inflexible devant toute cette agitation. Il gardait son cap volontairement libéral qu'il jugeait à son sens nécessaire pour sortir son pays d'un immobilisme qui n'avait que trop duré à son goût. Il imaginait pour son pays de plus grandes ambitions, un plus grand rayonnement mais ne voyait-il pas trop grand et le peuple était-il prêt à effectuer un virage aussi radical et accepter autant de sacrifices ? Ne faudrait-il pas lui laisser un peu plus de temps pour digérer tous ces changements. Arnaud s'entêta à faire la sourde oreille. Le pays, au fur et à mesure que les semaines défilaient, sombrait dans le chaos malgré les répressions cinglantes. La rue ne lâchait pas le morceau. Elle était sûre d'être dans son bon droit. La Cour des Comptes commençait à tirer la sonnette d'alarme lors du Conseil des Ministres, mettant en garde le gouvernement contre tout risque d'escalade qui entrainerait le pays en récession. Il fallait mettre un terme à cette révolte.

Arnaud Fields

Le 9 octobre 2009, Paris

Arnaud était en place depuis plus de 2 ans et force était de constater que les résultats tardaient à arriver. La rue avait-elle raison ou aurait-elle raison de son quinquennat ? Même les lois adoptées à la majorité depuis quelques mois avaient l'effet inverse. Les gens voyaient leur pouvoir d'achat diminuer, le chômage de masse repartait à la hausse. La grogne ne cessait de monter dans la rue. Des slogans avec : « Dehors Fields !!! » circulaient dans les journaux télévisés et sur les réseaux sociaux. Des amis au sein même de son équipe dirigeante commençaient à douter de ses facultés à diriger le pays. Des sources non officielles d'un membre de l'entourage du Président avaient fuité, indiquant que la dernière réunion avait été houleuse. Mais Arnaud ne revenait pas sur ses décisions, persuadé qu'à court terme, elles porteraient leurs fruits.

Le 9 octobre 2009 au matin, la machine médiatique s'emballait. Un proche du président était mis en examen pour détournement d'argent public. Cette annonce fit l'effet d'une bombe. La presse eut tôt fait de s'emparer de l'affaire. Le proche avait été auditionné pendant 24 h sans ménagement à l'abri des regards indiscrets, sans même que la Présidence n'en ait été informée. Des transferts illicites d'argent avaient été opérés sur un compte à l'étranger. La somme d'un million d'euros était avancée.

Les transactions s'effectuaient chaque semaine par virement de petits montants pour ne pas éveiller les soupçons.

L'affaire passait mal auprès de l'opinion, au moment même où Arnaud demandait aux citoyens d'accepter de faire des efforts à tort ou à raison. Arnaud évalua vite les dégâts pour son image et limogea sur le champ ce poids lourd de son gouvernement. D'autres membres de son équipe dirigeante lui emboîtèrent le pas et quittèrent le navire. N'avait-il pas dit que le peuple était changeant. Le présent lui donnait raison.

Les autres partis politiques ne tardèrent pas à enfoncer le clou, quitte à fragiliser le président de leur propre pays. L'ambition n'a pas de camp, pas de morale, encore moins de patrie. Il n'était pas surpris, il avait ouvert la boîte de Pandore, lancé en premier les hostilités en fustigeant la politique de l'ancien président. A lui d'assumer désormais ce lourd fardeau qu'il jugeait autrefois facile à porter. Il se devait de réagir face à cette montée de populisme, calmer le jeu et reprendre la main.

Le sort s'acharna cependant de nouveau contre lui quand il rentra dans son appartement privé. Il avait malgré tout retrouvé la hargne, la détermination des premiers jours. Contrairement, à ce qu'il aurait pu croire, toutes ces épreuves l'avaient finalement renforcé. Lumière tamisée, il se posa sur le canapé, se servit un verre de whisky, saisit la télécommande posée sur sa table basse et alluma la télé. Quelques minutes plus tard, sa tension remonta d'un cran en écoutant la Une du journal télévisé. Stéphanie avait été photographiée dans les bras d'un de ses plus fidèles conseillers.

Stéphanie retourna à l'appartement le lendemain. Lorsqu'elle franchit la porte, Arnaud n'avait pas dormi de la nuit, il avait bu, beaucoup bu et ça se voyait. Les cernes le trahissaient.

— Qu'es-tu venue faire ? Ramasse tes affaires et sors de mon appartement. Dégage !!! cria-t-il.

Bizarrement, Stéphanie n'essaya même pas de s'expliquer, ce qui ne manquait pas d'irriter encore un peu plus Arnaud. Il n'acceptait pas d'avoir été trompé par la femme à qui il avait tout donné. Mais Stéphanie n'était-elle pas toujours devant ?

Arnaud Fields

Le 10 octobre 2009, Paris au Palais de l'Elysée

A l'aube, il se dirigea à la salle de bain. Fixa le miroir, sortit le rasoir de sa trousse, un coup de bombe à raser, quelques coups de rasoir, un coup de peigne. Il prit son costume rayé bleu, s'habilla et demanda au chauffeur de le conduire à l'Elysée. Il se dirigea à son bureau, appela son directeur des relations publiques et lui intima de convoquer sur le champ les journalistes. Il était 12 h. Son directeur ressortit de la pièce, interloqué devant le peu de précision de sa demande. Arnaud saisit une feuille blanche, son stylo à bille fermement, regarda le plafond puis reposa le stylo sur la table. Il se leva, la feuille blanche dans la main. Son allocution était prévue sur le perron de l'Elysée. Devant la soudaineté de la décision, les parlementaires médusés avaient interrompu la séance plénière et s'étaient regroupés autour des téléviseurs de l'Assemblée pour écouter leur Président.

A 13 h, il reçut finalement les journalistes à l'Elysée dans son bureau. Il leur demanda de s'asseoir et leur indiqua que son discours n'allait pas être très long. Il surprit tout son auditoire. Il était étonnement habillé décontracté. Il s'était entre temps changé. Il portait un jean, une chemise unie blanche et une petite ceinture de cuir noir. Il commença par poser sa veste, retroussa les manches de sa chemise blanche. Il annonça ses premières mesures qu'il allait décréter par ordonnances au plus vite devant l'urgence. Sa première, la plus symbolique : mettre une taxe sur les transactions financières. La deuxième, tout aussi importante : créer un nouveau barème de l'impôt plus progressif et pour tout le monde, une augmentation importante de tous les salaires ainsi qu'une défiscalisation des primes et enfin une répartition des bénéfices à la loi du tiers (un tiers investissement, un tiers actionnaire, un tiers salarié). C'était une véritable révolution qui suscita dans la presse étrangère de vrais remous. Un journaliste sorti des rangs lui demanda :

— Vous allez réellement mettre en place ces mesures et les appliquer ? Ou est-ce une nouvelle fois une farce politico-dramatique ?

— Je suis le Président, ceux qui en doute auront fort à faire.

Le journaliste rentra dans le rang et se ravisa.

— Messieurs, aucune autre question ?

Pas un mot, les dernières paroles d'Arnaud avaient fini de dissuader les autres journalises de lui poser toute autre question et encore moins de le critiquer.

— Eh bien, si personne n'a d'autre question, je vous souhaite à tous une agréable fin de journée.

Il se leva promptement, tourna les talons dans l'expectative générale et tranquillement quitta la pièce. Au vu de ses différentes annonces, toutes les personnes présentes hallucinèrent.

Ses annonces risquaient de faire grincer des dents dans les milieux financiers. Cela, il s'en doutait. D'ailleurs, il comptait bien profiter de cet effet de surprise pour créer un véritable électrochoc au sein de la communauté internationale et diffuser une vision plus humaniste de ce monde. Il s'amusa à constater que son nouveau personnage était aux antipodes de ce pourquoi il avait été formé. De leur côté, très vite les journaux ne manquèrent pas de diffuser des informations indiquant que la France était un pays instable et que les mesures l'y encourageaient. La presse, se sentant méprisée lors de l'allocution, ne fut pas tendre. Devant la campagne diffamatoire, les médias se livraient à une véritable inquisition digne des pires moments de l'histoire de France. Au fur et à mesure, les pays voisins se désolidarisaient de sa politique. Ils lui avaient même attribué le doux surnom d'affabulateur irresponsable. Arnaud se retrouvait isolé sur la scène européenne. Malgré tout, il insista dans sa voie. Il restait au plus profond de lui convaincu que ses choix permettraient au peuple français de retrouver toute sa grandeur et le peuple toute son indépendance… toute sa Liberté.

Arnaud Fields

Le 10 décembre 2009, Paris

La déclaration d'Arnaud avait fait des vagues. Les semaines passaient et la tension était loin d'être retombée. Il lui arrivait certains soirs de recevoir des coups de téléphone et des lettres de menace anonymes auxquelles il avait décidé de n'accorder aucun crédit. Son entourage politique semblait bien plus sceptique vis-à-vis de son comportement et ne cessait de le raisonner pour qu'il fasse preuve de prudence.

Il n'en fit rien et continua sa vie encore plus déterminée qu'auparavant. Il se moquait éperdument des ragots qui étaient colportés dans les différents médias et bravait tous les interdits. Il s'affichait volontairement en plein public en train de faire ses courses. Contrairement aux années précédentes, il avait même pris le temps d'appeler ses parents pour planifier un dîner. Ils avaient d'ailleurs été très surpris qu'il puisse se libérer, lui d'habitude si overbooké. Il leur indiqua qu'à présent, il leur accorderait bien plus de temps et que rien ne lui ferait plus plaisir que de passer Noël en famille... Famille qu'il avoua à demi-mot avoir négligée depuis bien trop longtemps. Il raccrocha... avec la banane. Le lendemain, il prit le temps de les rappeler et de leur demander :

— Pierre sera là ?

Un blanc, un silence traversa le téléphone.

— Malheureusement, non, nous ne voulions pas te l'avouer mais nous n'avons pas revu Pierre depuis quelques années.

— Comment ça !!

— Viens et on t'expliquera.

— D'accord. D'ailleurs moi non plus, je n'arrive plus à le contacter depuis bien longtemps. Et j'ai été tellement accaparé par mes obligations avant et après élection que je n'ai même pas pris le temps d'essayer de le rechercher. J'espère qu'il ne lui est rien arrivé de grave et qu'il ne m'en voudra pas. Maman, Papa, je vous dis à Noël.

Le 20 décembre 2009, Chalon-sur-Saône

Noël approchait. Les enfants de Sophie, la sœur d'Alexandra, étaient turbulents. Ils étaient impatients de découvrir ce que le père Noël leur avait amené. Tout le monde était réuni autour de la table.

Alexandra me tendit un cadeau et me chuchota :

— C'est de ma part.

Sur le coup, je ne compris rien.

— Vas-y, ouvre-le.

Je défis soigneusement le paquet, enlevai le papier journal et découvris dans le fond une mini chaussette bleue. Je pleurai. Alexandra aussi et d'une voix annonça au reste de la famille « Nous attendons un heureux événement ». Les bonnes nouvelles s'enchaînèrent. Quelques jours après, un éditeur touché par mon roman et mon projet, qu'il avait découverts sur un site d'autoédition, m'invita à le rencontrer pour faire connaissance et pour obtenir les droits de le publier. A sa lecture, il avait décelé une belle plume et m'indiqua qu'il serait promis à un bel avenir. Je n'en demandais pas tant, juste de quoi financer et réaliser notre rêve. Mon livre, au bout de quelques mois, comme l'avait prédit l'éditeur, se hissa dans le top trois des meilleures ventes. Mon histoire toucha un large public et six mois plus tard, avait atteint le million de vente. Je parcourus toute la France à la rencontre de mon public toujours plus nombreux et enthousiaste. Jamais, dans mes plus beaux rêves, je n'aurais imaginé rencontrer un tel succès. Cela allait au-delà de mes espérances. Les ventes s'engrangeaient et l'argent aussi, plus qu'en demandait mes projets. Je réalisai que cette situation inattendue me permettrait de multiplier mes projets. Alexandra était fière de me voir m'épanouir. Nous décidâmes cependant de garder respectivement nos emplois (elle conseillère, moi devenu instituteur) pour, dirions-nous, garder les pieds sur terre. La seule récompense qui nous intéressait était d'observer le regard heureux des lecteurs de tout âge et l'exemple philanthrope que nous voulions montrer. Le livre eut un tel succès qu'il fut vite adapté dans le monde entier. A ce jour, mes livres se sont vendus à plusieurs dizaines de millions et des centaines de projets ont vu le jour aux quatre coins de la planète. Je reçois des centaines de lettres de remerciement chaque jour que je montre à ma classe. Malgré tout, je continuais ma vie en toute simplicité et sans jamais laisser personne interférer dans ma vie privée, loin des réseaux sociaux dont je me suis servi et dont j'ai appris à m'éloigner ainsi que de la presse qui m'encensait. A ma connaissance, je crois que jamais je n'ai mis les pieds sur un plateau de télévision. Ma philosophie "vivons heureux vivons cachés" avait pris tout son sens. Je ne voulais surtout pas devenir une caricature de moi-même qui, avec le temps, s'évaporerait. Je souhaitais avant tout inscrire mon action dans la durée et espérais secrètement qu'un jour, un jeune, comme moi, reprendrait le flambeau et délivrerait ce message de paix qui illuminait chaque jour mon cœur. C'était l'espoir que j'espérais léguer.

Quelques années plus tard, je reçus une lettre qui vint combler encore plus mes attentes et me rassurer sur le fait que j'avais fait le bon choix. Le jeune s'appelait Philippe Balraux, il avait seulement vingt ans.

Monsieur Fields,

Je vous écris ces quelques mots pour vous remercier de m'avoir permis de trouver mon chemin. J'étais complètement égaré, à la dérive. Ma scolarité pouvait se résumer en un véritable naufrage. C'est au travers d'une étude d'un de vos livres pendant un cours de français que tout m'apparut plus simple... une évidence. J'avais trouvé la voie que je devais emprunter... écrire. J'étais, sans le savoir, moi aussi taillé pour cela. L'avenir tout comme vous, finalement, a exaucé mon vœu. Aujourd'hui, je me surprends à espérer que bien d'autres emboîteront le pas, peut-être dans d'autres domaines et poursuivront notre œuvre commune. Car la Liberté est une œuvre universelle. C'est là, la leçon que vous m'avez enseignée. J'espère que nous aurons prochainement l'occasion de nous croiser sur un salon littéraire et d'en débattre.

Au plaisir de vous rencontrer
Philippe Balraux

Je connaissais les romans de ce jeune auteur que je suivais depuis ses débuts. Personne ne pouvait ignorer son succès retentissant. Il vendait lui aussi des millions de livres. Il n'avait à aucun moment mentionné par pudeur mon nom à qui il vouait une admiration sans borne. Il me raconta qu'un jour, il s'était rendu à un salon littéraire où je dédicaçais mon livre, qu'il avait eu le déclic devant ma simplicité abordable et qu'il voulait entrer dans mes pas et véhiculer à son tour sa parole. Alexandra me vit, depuis bien longtemps pleurer. J'avais accompli mon rêve ultime, récolter les fruits de la graine de la joie que j'avais semé il y avait quelques années.

Arnaud Fields

Le 23 décembre 2009, Chalon-sur-Saône

Le 23 décembre 2009 au soir, vers 19 h, Arnaud avait décidé de prendre la voiture. Il avait pris soin de prévenir tous les services de sécurité de sa sortie improvisée. Il voulait le temps d'une soirée s'exonérer de sa charge présidentielle et profiter des siens.

En passant, il fit un crochet chez le fleuriste pour acheter un énorme bouquet de roses rouges pour maman. C'était sa fleur préférée. Et une bonne bouteille de vin millésimé pour papa, elle embellirait encore un peu plus sa cave. Il faisait déjà nuit. A cette période de l'année, la nuit tombait rapidement. Il se faisait un plaisir de se retrouver en famille… Et ça lui manquait. Il avait pris une bonne douche avant de partir, histoire d'être en pleine forme au volant. Le trafic sur l'autoroute A6 était chargé comme à son habitude, la veille d'un réveillon. Tous les Parisiens se donnaient rendez-vous à cette période de l'année en province en famille. Il quitta l'autoroute A6 à hauteur de Mâcon et prit la nationale en direction de Chalon-sur-Saône. Il voulait absolument refaire cette portion de route très peu fréquentée qui lui rappelait tant de souvenirs, cette vieille copine de route en lacets où il aimait autrefois slalomer. Il effaçait un à un les différents virages. C'était fou, il n'avait pas perdu la main. Quand soudain, une voiture lui fit face en plein phare. Ebloui, il ralentit et fit des appels de phares mais les lumières ne baissèrent pas en intensité, lui brûlant les yeux. Il freina brusquement, la voiture chassa de l'arrière et glissa sur la route toute droite. Il sentit les pneus quitter la route, la voiture alla s'encastrer quelques mètres plus bas au fond du ravin.

Et ce fut un grand trou noir. Quelques minutes plus tard, une voiture de police, qui patrouillait dans les parages, remarqua la barrière du virage qui était enfoncée et s'arrêta pour vérifier. L'un des policiers s'approcha du vide et observa quelques mètres en contrebas, la voiture.

L'autre policier stationna la voiture en travers de la route pour arrêter la circulation tandis que l'autre téléphonait pour dépêcher une ambulance, les pompiers ainsi qu'un camion-grue sur place. Le camion arriva quelques minutes plus tard sur les lieux de l'accident pour extraire la voiture qui était située en contrebas à quelques mètres de sa route initiale. Deux hommes solidement harnachés descendirent le long de la paroi jusqu'à la voiture et passèrent une sangle tout autour pour la remonter. L'opération semblait périlleuse mais au bout de quelques minutes, les policiers aperçurent l'avant. La grue déposa soigneusement et lentement la voiture qui se trouvait dans un piteux état.

L'un des policiers fit le tour de la carcasse. Par chance, la voiture ne s'était pas enflammée.

Pendant ce temps, l'ambulance venait d'arriver avec à son bord deux ambulanciers Joe et John et un médecin. La vitre du côté passager était brisée.

Joe, en penchant la tête à l'intérieure du véhicule constata qu'Arnaud était là coincé à l'intérieur, le volant planté dans l'abdomen. Son visage était tuméfié de sang.

Les sirènes du camion de pompiers résonnèrent à leur tour. Les policiers pensèrent un instant effectuer des relevés. Ils prirent à la hâte des clichés de la voiture et des traces laissées sur le bitume fraîchement noirci. Mais l'heure n'était pas au voyeurisme. Les pompiers accoururent devant la carcasse de la voiture et après un rapide coup d'œil, prirent la décision de sortir la presse coupante pneumatique du camion pour le désincarcérer. La presse plia la tôle de la charnière de la porte et dans un dernier soubresaut, la coupa. Arnaud était à présent accessible. Joe, se pencha sur lui et pris instantanément son pouls. Il était présent mais très faible. Un filet de sang s'échappait abondamment de sa bouche et il remarqua une vilaine blessure au niveau de l'aine. Il passa délicatement ses mains au niveau des cervicales pour maintenir la tête et fit glisser son corps lentement hors de l'habitacle.

Son collègue John vint le soulager pour déposer le corps sur le brancard. Il prit le relais sans perdre un instant. Arnaud était inconscient et au visage inquiet du médecin présent à ses côtés, le diagnostic était peu encourageant. Il avait déjà perdu beaucoup de sang, sans doute trop et la plaie à l'aine au niveau de l'aorte était compliquée à refermer. Un morceau de fer s'y était logé. Aucune intervention sur place ne pouvait être pratiquée. L'extraction de l'objet entraînerait sans aucun doute sa mort. Joe lança :

— Tu as vu qui c'est ?

— Non, répondit John.

— Tu plaisantes !! Arnaud Fields.

— Ah oui avec tout ce sang je n'avais pas remarqué. Tu as raison. Comment se fait-il qu'il soit seul et pas accompagné de ses gardes du corps ? C'est bizarre que les policiers ne l'aient pas remarqué. Pardon messieurs, vous avez vu qui est la victime ? C'est le président de la République Arnaud Fields.

— Oui oui, nous sommes au courant et nous avons prévenu la Présidence.

John, surpris de la réaction sans compassion ni réactivité demeura dubitatif de la gestion d'urgence extrême de la situation par les deux policiers. L'homme le plus important du pays gisait là, dans un état plus que critique, et aucune mesure d'urgence n'avait été jusqu'à présent, prise. C'était choquant. Ils mirent d'ailleurs quelques minutes avant de les escorter là où, pour le citoyen lambda, les sirènes auraient déjà retenti depuis bien longtemps.

— Ils font quoi les gars, c'est une urgence extrême, lança Joe. Ils ne peuvent pas rouler plus vite ?

Les constantes d'Arnaud pendant ce temps ne cessaient de chuter malgré les piqûres de morphine et les stabilisateurs administrés pour le maintenir en vie.

— Non mais c'est fou, tu leur as pourtant dit que nous n'avions que 20 min pour opérer et que l'hôpital était à 15 min au moins et que nous avions prévenu l'hôpital de notre arrivée imminente, s'exclama John.

— Oui, je ne comprends pas pourquoi ils n'accélèrent pas, reprit Joe.

John pris alors sur lui de klaxonner la voiture de police qui les escortait pour augmenter l'allure mais aucune réaction. Le panneau indiquant l'hôpital apparut, John et

Joe avaient dépassé de cinq bonnes minutes le délai imparti. Ils avaient scrupuleusement décrit l'état général de la victime à bord et son urgence sans mentionner sa nature. Le bloc était prêt. Les infirmiers se précipitèrent pour transférer Arnaud au bloc opératoire. A son arrivée, les chirurgiens se regardèrent dépités. Les machines respiratoires s'emballèrent, le rythme cardiaque s'arrêta d'un coup et ses constantes chutèrent brutalement. Ils firent plusieurs tentatives pour le réanimer mais malgré un dernier coup de défibrillateur, les battements de son cœur restèrent au point mort. Notez 21 h 23, Arnaud Fields, décès constaté. L'un des chirurgiens jeta les ciseaux sur le sol et sortit furieux en claquant la porte du bloc et en arrachant son masque et ses gants. Il se dirigea en direction de John et Joe, se posa droit devant et leur cria d'une voix qui porta à travers tout l'hôpital :

— Bande d'incapables, vous avez vu combien de temps vous avez mis pour arriver à l'hôpital ?

John fixa le chirurgien et lui répondit sèchement :

— Demandez plutôt aux policiers qui nous escortaient pourquoi nous avons mis autant de temps. John sortit de l'hôpital, empoigna le col de l'un des policiers et lui cria :

— Pourquoi n'avez-vous pas accéléré ? Puis, devant son regard méprisant, lui asséna une bonne droite qui le projeta violemment à terre. L'autre lui sauta dessus et Joe s'interposa pour calmer le jeu. Le policier à terre se releva et menaça John de son arme. Son collègue lui intima de la rengainer.

— Viens, nous devons partir, lui dit-il d'une voix menaçante. Ils poussèrent les portes de l'hôpital en direction du chirurgien puis disparurent. Joe alla garer l'ambulance. John et Joe se séparèrent et rentrèrent à la maison chacun de leur côté prendre une bonne douche. La nuit avait été rude et ce n'était pas tous les jours qu'ils avaient le président comme patient.

Au réveil, le lendemain, John se frottait les yeux rougis par la fatigue. La nuit avait été compliquée. Il n'avait cessé de ressasser le drame de la veille en essayant de comprendre pourquoi l'intervention avait duré si longtemps. Il se servit une tasse de café bouillante et alluma la radio qui annonçait par un flash spécial que le Président Arnaud Fields était décédé dans la nuit dans un accident de voiture en allant rejoindre imprudemment seul sa famille. Les secours avaient fait au plus vite pour se rendre à l'hôpital et le chirurgien interrogé indiquait qu'il avait tout tenté pour le sauver mais que son état à son arrivée était déjà désespéré.

John prit le téléphone pour contacter Joe.

— Allo Joe, tu es devant la télé ?

— Non

— Allume-la, s'il te plait.

— Que se passe-t-il ?

— Il est question de la mort accidentelle du président Arnaud Fields où nous sommes intervenus hier soir.

— Oui et alors ?

— Pour les autorités, les secours sont arrivés très vite.

— Tu te fous de moi, ils ont mis des plombes pour nous escorter à l'hôpital.

— Oui, c'est là que ça ne colle pas.

— Oui enfin John, il faut que je t'avoue un truc, ce matin le chef m'a appelé pour ne rien communiquer à ce sujet à la presse, ni à qui que ce soit, et il m'a conseillé de passer à autre chose.

— Difficile de passer à autre chose.

— Oui enfin, il n'avait pas trop l'air de rigoler. Donc, je ne sais pas toi mais moi, je préfère faire profil bas. John, je crois que nous devrions oublier cette histoire.

— Oui, je suis d'accord avec toi. A demain Joe.

— A demain John.

Pierre Fields, sa mère, son père

Le 23 décembre 2009, Chalon-sur-Saône

Quelques semaines plus tôt, ma réponse lors de la petite discussion avec Alexandra à propos de mon nom, ne l'avait pas convaincue. Elle réaborda le sujet.

— Pierre, tu ne me parles jamais de ta famille. Je ne connais ni le prénom de ton père ni celui de ta mère, juste le nom. Et quand j'aborde le sujet, j'ai toujours l'impression que tu essaies de l'esquiver. Pourrais-tu m'en apprendre plus ? Ou gardes-tu en toi un douloureux passé que tu souhaites cacher ? Ouvre-moi juste ton cœur.

Ses paroles me touchèrent au plus haut point. Mon visage soudain s'illumina et ma bouche enfin s'ouvrit et délivra ses quelques mots :

— Excuse-moi, mais je n'étais pas prêt. Aujourd'hui, je sais que je ne pourrais pas pardonner mais pour toi, je ferais le premier pas pour te présenter mes parents. Arnaud Fields est bien mon frère. Et, je n'ai pas revu mes parents depuis le jour où je t'ai rencontré dans le train. Mais, pour l'instant, je t'en prie ne m'en demande pas plus.

— Je comprends Pierre. Chacun a sa part de secret et merci d'avoir ouvert ton cœur.

Après quelques années de brouille, la discussion avec Alexandra m'avait ouvert les yeux et avait fait germer l'idée de renouer un lien avec ma famille et que la meilleure façon d'y arriver serait par commencer en leur rendant visite en cette période de Noël. Ce que je fis. Je pris sur moi de réserver un billet de train Montpellier Chalon-sur-Saône. Je me renvoyais faire le chemin inverse du jour de mon départ, un sentiment de déjà-vu m'envahit.

16h. Le bus me déposa devant la porte de la maison. J'appuyai sur le bouton de la sonnette. J'entendis des pas de plus en plus prononcés, une silhouette derrière la porte vitrée apparut, la clé dans la serrure tourna puis la porte s'ouvrit. Il s'agissait de ma mère. Nos deux regards se croisèrent. Aucun d'entre nous ne put sortir un mot tant la surprise de se découvrir était grande. Puis, je décidai d'engager la conversation comme Alexandra me l'avait suggéré.

— Bonjour maman, lui dis-je doucement.

Elle hésita encore sous le choc de ma vision et répondis :

— Bonjour Pierre.

— Tu vas bien ?

— Oui, merci et toi ?

— Oui bien merci. Cela fait si longtemps que tu nous as quittés.

— Oui sans doute trop longtemps. Je peux rentrer ?

— Oui, je t'en prie, rentre. Ton père est dans le salon. Je vais lui annoncer que tu es là.

— Pierre est là !

Mon père se dirigea vers moi, me fixa, marqua un temps d'arrêt et ma serra fort dans ses bras.

— Pierre, quelle belle surprise de te revoir depuis toutes ces années. Nous n'avons pas compris la raison qui t'a poussé à partir si brusquement de la maison. C'est à la lecture de ta lettre que nous avons pris conscience du mal que t'avaient faites nos paroles. Nous avons essayé de te recontacter mais nous ne savions pas où tu étais parti.

— Oui, jusqu'à ces derniers jours, ces paroles résonnaient encore dans ma tête comme un reniement. Aujourd'hui, j'étais plus apaisé et ma vie plus posée. Il était venu le temps d'essayer d'oublier et de passer à autre chose même si cette période de ma vie demeurera à tout jamais marquée au fer rouge.

— Merci Pierre pour ton courage. A l'époque, nos paroles ont dépassé nos pensées. Et nous imaginons que tout ceci est le fruit d'injustice que tu as ressenti entre la reconnaissance de ton frère Arnaud et toi.

— Oui, il y a sans doute une part de cela. Mais au fond, si je suis honnête envers moi-même, c'était plus un prétexte pour voler de mes propres ailes.

— Et où vis-tu actuellement ?

— A Montpellier ?

— Ah bon Montpellier, si loin ?

— Oui, je suis parti le plus loin possible. Il se trouve que j'y ai trouvé tout ce que j'étais venu y chercher.

— Et tu travailles dans quoi ?

— Je travaille avec les enfants. En fait, j'ai deux métiers. Je suis instituteur et parallèlement, j'écris des livres.

— Ah bon, tu écris des livres.

— Oui, et mes livres sont édités dans le monde entier.

— Tu as bien réussi, c'est bien.

— Arnaud aussi a bien réussi. Finalement, il a atteint son but même si j'ai vu à la télévision que ces derniers temps, il n'était pas à la fête et que ses dernières prises de positions avaient fait grincer des dents.

— Oui pour lui non plus, tout n'a pas été facile. La vie politique s'est avérée bien plus cruelle qu'il ne l'imaginait.

— Enfin. Et tu as une compagne, une femme, des enfants ?

— Oui, j'ai une compagne Alexandra et nous venons d'avoir un enfant.

— Très bien.

— Et Arnaud ?

— Non, il n'a plus personne. Je ne sais si pas si tu as lu les derniers potins mais sa compagne Stéphanie l'a trompé.

— Enfin, le principal c'est que contrairement aux autres années, il m'a appelé l'autre jour pour m'indiquer qu'il venait fêter Noël chez nous, en famille. D'ailleurs, il est actuellement en route, il ne devrait pas tarder à nous appeler pour nous dire à quelle heure il va arriver.

20 h, le téléphone sonna. Ce devait être Arnaud, comme maman me l'avait indiqué précédemment, qui appelait pour annoncer qu'il allait bientôt arriver. Il avait gardé cette fâcheuse habitude de toujours arriver en retard et de prévenir pour se couvrir. Maman s'empressa de décrocher le combiné. D'où nous étions, nous n'entendions rien de la teneur de la conversation et encore moins de la nature de son interlocuteur. Pourtant, malgré la distance, je pouvais distinguer le bourdonnement d'une voix grave qui ne ressemblait en rien à celle d'Arnaud. Au bout du téléphone, la voix s'exclama : « Madame Fields. C'est la police. Oui. Votre

fils Arnaud a été victime d'une sortie de route. Nous sommes au regret de vous annoncer qu'il vient de succomber à ses blessures. Toutes nos condoléances. Son corps sera emmené à la morgue puis dans une chambre funéraire où vous pourrez lui rendre visite. Je sais que le terme est mal choisi ». Le visage de maman se décomposa. Elle était blanche comme un linge. Elle raccrocha lentement le combiné qui lui échappa des mains et vint se fracasser sur le sol, puis son corps s'affaissa au fond de la chaise, les bras ballants tels une marionnette désarticulée et s'effondra en larmes. Nous nous regardâmes, papa et moi. Nous ne comprenions pas ce qu'il venait de se passer mais à son teint, l'heure était grave. Papa se dirigea vers elle lui tenir la main tandis que moi, dans un élan de lucidité, je lui apportai un verre d'eau fraîche pour lui faire recouvrir ses esprits. Elle ne pouvait dire un mot, elle restait prostrée au fond de sa chaise, le regard vide. Ce n'est qu'au bout de quelques minutes qu'elle reprit des couleurs et une partie de ses esprits et nous murmura d'une voix à peine audible les premiers mots : « Arnaud est mort ». Papa, sur le coup, ne réagissait pas. Il était tout comme moi, sonné par cette annonce qui nous paraissait irréelle. Par pudeur, il ne demanda pas à maman de répéter. Il la prit dans ses bras, l'enveloppa de tout son être telle une mère qui couvait son enfant. Il avait bien compris que son cœur était en lambeaux et que la vie de notre famille ne serait désormais plus la même. Elle avait déjà perdu autrefois un fils par le hasard de la vie. Le hasard venait de lui prendre le deuxième. Elle ne s'en remit jamais.

Epilogue

Dans sa tour d'ivoire, Arnaud aimait contempler la forme carrée des cases blanches et noires. A chaque pion avancé, reculé, il anticipait les actions, les causes, les conséquences sur l'échiquier de la société, son influence sur l'arbre de la société. Que ses feuilles tombent, peu lui importait tant qu'il ne mourrait pas. Tel est le statu quo qu'il s'exerçait à maintenir sans foi, qu'on lui demandait de maintenir malgré les lois. Tout est une question de "on". Le "on", pronom indéfini qui dissimule bien des choses, des agissements, des actes, des personnes. Il est tellement facile de faire passer le "on"a la place du "il", du "lui"ou du "les". Le tout est de savoir qui se cache derrière le "on". Quand le "on"se sent en danger, il se charge de dégager le "il"pour se venger, l'élimine physiquement, psychologiquement, médiatiquement pour mieux le remplacer. La mécanique est bien huilée.

C'est "on"qui l'a tué.

Je ne ferai pas la même erreur, mon frère. Tu as eu tort de laisser corrompre ton cœur. Je ne ferai pas la même erreur, je te l'assure. Mon cœur saigne, mon sang coule. Tu étais de ma chair. Ma gentillesse reste indemne, comme un venin qui sèmera parmi le "on", la terreur. Tu ne le verras jamais mais je vais brûler l'échiquier avec lequel tu as joué, trop joué.

Je déposerai les cendres encore fumantes de ce monde sur ta tombe.

A plus tard, mon frère.

Remerciements

Un grand merci à

Raphaëlle GIORDANO pour sa rutinologie
Marc LEVY pour son Horizon à l'envers
Aurélie VALOGNES pour m'avoir fait rêver dans un reportage en train d'écrire perchée au soleil en bord de mer
Agnès MARTIN-LUGAND qui a Toujours une petite musique dans la tête
Ernest Hemingway qui, passionné comme moi de pêche, m'a fait revivre une partie de pêche mémorable et pleine de sensibilité dans le Vieil Homme et la Mer.
Tous m'ont redonné goût à la lecture et à l'écriture.

à mes deux chenapans qui se reconnaitront, qui m'ont inspiré certains des personnages

à mes parents toujours bienveillants

à mes grands-parents qui m'inspirent chaque jour

Pour contacter l'auteur :
hcombier_combier@yahoo.fr

Pour retrouver l'auteur :
Twitter : @HCombier
Facebook : Hervé COMBIER

www.ingramcontent.com/pod-product-compliance
Lightning Source LLC
Chambersburg PA
CBHW071717140626
46557CB00012B/913